熱血之花

早知薄福難消受，
不嫁英雄也罷休

Flower of Passion

張根水——著

以熱血為
化作思念，也化為一生眷戀

揮灑熱血的義勇軍華國雄，為國捐軀的女間諜舒劍花，
被設局但陷情網的仇敵余鶴鳴。

國仇當前，還能讓我們兒女情長，英雄氣短嗎？

目錄

目錄

第一回　怕見榴花災生五月　願為猛虎志在千秋

第一回　怕見榴花災生五月　願為猛虎志在千秋

這一部書，不知道說的是中華民國哪一年的事情，也不知道是中華民國哪一個地方的事情，但是等到讀者讀完了這一部書之後，也許很願意中國有這件事，也許很嘆惜，中國竟不免有這一件事，見仁見智，這只好等候將來再下斷語了。我們這一部書開場的時候，在城外一個附郭的村莊上。這個村子，叫做太平莊，莊子外，東邊有個教會大學，西邊有個國立大學，所以在村子裡住的人，十停之八九，不免與教育事業有關。因為這個緣故，鄉村自治，也是辦得極好。其中一個人家，是幢半西半中的住房，樓外有一所平台，平台之外，下臨一片草地，讓一排高拂雲霄的垂楊柳，遙遙地圍護住了。楊柳之外，是一片水稻田，這個時候，秧針出水有一尺高，遠遠地望去，真個是綠到天涯。在這一片綠氈的大地上，卻有一道赭色的界線，將它來分破，原來那是陽關大道，直通邊地的。再由這人家樓房向裡瞧，這平台上，擺上了十盆石榴花，在綠葉油油的上面，頂著血也似的花朵，在太陽裡照著，光耀奪目。平台後面，幾扇窗戶，和兩扇綠紗門，一齊洞開，樓上面是人家一個大休息室。布置得很是精雅的，一張搖動的籐椅上，躺著一個五十以上的老人。

他口銜菸斗，手捧了一本書，映著陽光在那裡看。野外的南風，由水田上吹來，帶著一陣植物清馨之氣，人的精神為之一爽。他是這教會大學裡的一個哲學教授，姓華名有光，是個道德高尚，學問又有根底的人，除了教書而外，他不大願意過問別的事情。這幾天以來，他似乎有一種很深的感觸，不時地嘆著氣。這時他看著書，方始有點興趣，忽然一陣軍鼓軍號的聲音，由窗子外送了進來。那聲音遙遙地自西而來，而且還夾著兩聲馬嘶，分明是那條陽關大道上，有軍隊開拔經過。他就停書不看，坐了起來，嘆了一口氣道：「你們聽聽，又有軍隊開拔了。我不明白這是什麼緣故，每到五月裡，總是打仗，這個五月，真是不祥的月分。」在這屋子當中，有一張小圓桌，兩個青年，正在那裡下象棋。這兩個人，是有光兩個愛兒，都是大學生了。

長子名國雄，次子名國威，他們兩人，也和他們父親一樣，這幾天是加倍的煩惱，兄弟二人在這裡下象棋來消磨苦悶。及至有光說了那幾句話，國雄將象棋一推，站了起來道：「父親，你還是保持你那非戰主義嗎？」有光取下了他所戴的大框眼鏡，用手絹擦了一擦，再將眼鏡戴上，然後很從容地答道：「當然。人在世上，是求生的，不是求死的，現在世界上，拚命地研究殺人利器，利器造成功了，就去論千論萬地殺人。殺死了人，搶奪人家的財產，拘束那沒有殺完者的行動，他不知道他是無理性，不人道，他還要說是他忠勇愛國。平常人殺一個人，法律就要判他的死罪。到了軍人手上，整萬地殺人，不但無罪，而且有功，這是什麼理由？我認為現在的造槍炮的人，造兵艦的人，以至陸軍大學的教授，他們都是瘋子，都是魔鬼，他們靠他們的技藝學問去求生活，和野獸吃人，原是一樣無二。至於那毫無知識的兵士，我只覺他們吃了魔鬼的魔藥，除了可憐他而外，沒有別的法子了。」

他說著話，站了起來，手上拿著菸斗，再安上了一菸斗菸絲，步行到窗戶邊，向外望著，這時他氣極了，以為他這兩個兒子，不屑教誨，不必去和他兒子再爭論了。他這樣向外看著，首先射到眼簾來的，便是那幾盆石榴花，便搖了一搖頭道：「看到這石榴，我就記起了這是舊曆的五月。這個月分，在中國是十二分不吉利的，到了這時，不打仗點綴點綴，好像就對不住這個五月似的。這個五月，最好是糊裡糊塗過去，連這種石榴花，我也怕見得了。」他的夫人高氏華太太，也坐在窗子邊一張橫榻上，低了頭縫衣服，不免就放下衣服來笑道：「你又在那裡高談玄學了。」國雄將棋盤推得遠遠的，兩手扶在茶几上，向上托著小腮頰，表示出很沉著的樣子，一人自言自語道地：「不見得自古以來，五月就是壞月，反言之，中國五月是壞月，別人正是好月，我們不能糾正過來，讓這月成個好月嗎？」有光口裡銜了菸斗，這時掉轉身來，向他兩個兒子望著道：「你不信我的話嗎？你想，五三，五四，五七，五卅，不都是五月嗎？而今又是五月。你想，這五月是不是不祥之月。我們不要以為帝國主義壓迫，不是我們自己的罪，誰讓我們自己不知道自強呢。」國雄道：「正是為了要自強，我們才要軍隊呀。」這位老教授，覺得兒子沒有理會到他的意思。他正是說有了軍隊，年年內亂，所以不強。國雄倒偏說是就為了這個要軍隊。他氣不過了，依然躺到籐椅上，將剛才放下的那本書，重新拿起來看。兩手捧著書，擋住了面孔，只有他口中銜的菸斗，向書外斜伸出一個頭子來。

國雄還不肯停止他的辯論，望了他父親道：「無論如何，我認為在中國現時，是不能持那非戰主義的。您不是怕看到石榴花開嗎？我以為我們要轟轟烈烈幹一場，以後要愛看石榴花開。把這個多災多難的五月，變成一個大可慶賀的五月。」有光手裡，依然捧著書，他沒有說什麼，只是臉藏在書後面，冷笑了一聲。國雄道：「您別笑，讓我細細來解釋一番你聽。您反對的是國家有戰事，戰事由何而起？是因有了軍隊，有了殺人利器。可是我們要知道兵和武器不是那樣可怕，也有用處。一個國家要求他一國人的生成，不能不有軍隊，來防意外的侵害。譬如羊，那總是最柔和的動物，可是它頭上，一般長了兩個大角。這角做什麼的，就是為衛護牠自己起見，若是有豺狼虎豹來吃牠，牠就用角來刺殺豺狼虎豹。人類裡頭有羊，也有豺狼虎豹。我中國呢，就是人類中的羊。現在世界上各強國，誰不是像豺狼虎豹，要想吃一口大肥羊肉呢？您想，這羊能不長兩隻角來防備敵人嗎？」有光聽他兒子說了這些話，倒很有些學理，再不能夠躺著不理會了，一個翻身坐了起來，將書放到一邊。那菸斗裡的菸絲，因為他看書的時候，愛抽不抽的，早已熄滅了，這時在桌上取了火柴，將菸燃著，重重地吸了兩口菸，將煙噴著，然後從從容容地坐回那張籐椅。

他本是上身穿著大袖襯衫，下身穿了長腳褲子，他用手提了提長腳褲子，表示他並不急迫的樣子來。在他這樣猶豫期間，他一肚子的議論，這就有了歸結，想出了一個答覆了。點點頭道：「你所說的譬喻，很合邏輯，但是我們所看到的羊，是用它的角和羊去打架，並不曾看到羊用它的角，和豺狼虎豹去打架。」國雄道：「話雖如此，可是不能為了羊自己打架，就廢除了羊的兩隻角，要不然，有一天豺狼虎豹來了，怎樣去抵抗呢？」有光口銜了菸斗，兩隻手互相抱著，口裡銜了菸斗，連連吸了幾口菸，然後將菸斗取下來，向痰盂子裡敲了一敲菸灰，搖了一搖頭道：「你還是不明白，我看著這些羊有了角後，也變成豺狼虎豹了。不過它們是吃自己同類的骨肉罷了。」他父子二人如此辯論著，國威坐在一邊，手撫弄著棋子，始終不曾做聲。這個時候，看看兄長有些失敗了，他突然站了起來，向大家一搖手道：「這個時候，不是講理的時候了。若是就我個人的意思來說，做瘋子就做瘋子，做魔鬼就做魔鬼，生在這種世界上，我非去變為豺狼虎豹不可。變了豺狼虎豹以後，我要把欺侮我的仇敵，吃個一乾二淨。」他說著話時，左手伸平了巴掌，右手捏著拳頭，在掌心捶了一下。這樣一下，他是表示他已下了決心。

有光看了兒子這種情形，與他的主張既是絕對相反，而且舉動也過於粗魯，是他所不願見不願聞的事。可是孩子們都是大學生了，他們有他們的思想，做父親的怎能強迫。而且他們還有個永遠護庇著的慈母在這裡呢，又怎能說他們什麼哩？因之口裡只管吸著菸，一言不發。國雄笑道：「國威總是這樣性急，話是一句很好的話，在你這態度上一表示出來，好話也說壞了。」有光老先生將兩手反背到身後，在屋子裡來回走著，口裡的菸斗，已是吸不出菸來了，他依然極力吸著，有時還閉一閉眼睛，可以見到他想出了神。華太太在一邊看到，覺得這兩位公子，太有點讓他父親難堪了，兩手按住了懷裡正在縫紉的衣服，就向大家笑道：「閒著沒事，你爺兒三個又抬槓。說到打仗，我不知道什麼是戰主義，非戰主義，可是拿了性命去拼人，總不是一件好事。那年我們這裡過兵，全村子鬧個一掃精光，雞犬不留，你們還說要打仗呢？」國威道：「怎麼不打，打光了也就光了。若是不打，讓人家洋兵把我們的財產收了去，還不如打光了，倒出一口氣呢。我還是那一句話，願做一隻猛虎似的兵士，手裡拿了手提機關槍，衝到敵人的陣線裡去，對著敵人掃射。」他口裡這樣說著，兩手端起一把小籐椅，向左肋下緊緊一夾，用椅子靠背朝著外，身子一轉，做個掃射之勢。他瞪著眼睛，閉著嘴，咬住了牙，表示出他那種堅決的態度出來。但是他身子剛剛轉到一半，只聽到噹的一聲，那椅子的腿，把桌上的茶杯茶壺，嘩啷啷摔下來三個，瓷器砸在樓板上，茶葉和茶，濺到四處。

國威手上夾了一把籐椅子站著呆住了，國雄哈哈大笑。華太太說了一聲淘氣，自己放下衣服，連忙找了掃帚畚箕，將碎瓷掃開去。老先生只將眉毛皺了一皺，不說什麼，依然在屋子裡踱來踱去。國雄將國威手上的籐椅子接了過來放下，伸手拍著他的肩膀，笑道：「若是這樣子掃射，我們家裡先受著損失呀。」於是二人哈哈大笑。華太太清理著桌子，微微瞪著二人道：「都是這樣大的人，不要鬧了。你們要變老虎，先吃家裡人嗎？」國威道：「媽！你不要小看了我們，我總要做一點事情讓大家看看的。俗言道得好，豹死留皮，人死留名，我們總要做一點出來。大丈夫不能留芳百世，就當……」國雄將手一搖，插住嘴道：「下面那句不要。天下的事，都看人怎樣去做。只要下了那番決心，留芳百世，又是什麼難事？」有光取下菸斗，人向籐椅上一躺，腿架了腿，淡淡地一笑道：「年紀輕的人，總是不知天地之高低，古今之久暫，留芳百世，這是一件多大的事情，輕輕悄悄的，讓你們這樣一說，就算成功了。其實你們還是想不開。呼我為馬者，應之以為馬，呼我為牛者，應之以為牛，中國哲學家……」

華太太笑著站了起來，將手連搖了幾搖道：「剛才非戰主義這一個大問題，還沒有討論得完，你們又要討論留名不留名的問題了。當大學教授的人，大概賣弄的就是這一點。不過這一點，我早也知道了，用不著在家裡辯論。我去泡一壺菊花茶來，大家喝上一杯吧，不要徒在字眼上考究了。」說畢，她又是一笑。華有光研究了一生的哲學，什麼事情，都可以研究出一個理由來，唯有這怕夫人的理由，從何而來，卻是無從說起。華太太這樣一說，他在這種不知理由之下，又走到窗戶旁邊，向平台上去觀望，只看了石榴花，不住地出神。兩位小先生因為議論得了母親的幫助，戰勝了父親，暫時不能再向父親進攻了，也是默然，於是剛才議論風生的場合，一時沉靜起來，就是華太太，在這個時候，也不知如何是好。然而就在這個時候，丁零零的一陣響聲，打破了這寂寞的空氣，於是這全部的情形，就完全變化了。

第二回　爭道從戎拈鬮定計　抽閒訪豔握手談歌

這一道鈴聲，是門鈴響，原來門口有送信的來了。華家的聽差丁忠，拿了兩封信來，都交到華有光手上，他接了信在手上，先笑了一笑道：「家鄉來的信。啊！太太，你也有一封，大概是令弟寄來的。」華太太拿了信在手上，也笑道：「有一個月沒有接到家信了，今天才有信來。」說著，將信拿在手上顛了一顛，呀了一聲道：「輕飄飄的，裡面是一張信紙吧？」於是將信封口一撕，抽出信籤來，果然是一張信紙。那信上第一句是「姑母大人臺鑑」，並不是兄弟來的信。自己孃家並無嫡親的晚輩，這信上稱姑母，是誰來的信呢？接著向下一看，乃是：

敬稟者：客套不敘，我村於本月十八日，被海盜占領，事前，鄉團在莊中小有抵抗，海盜炮火亂發，將全村打得粉碎，全村老小均不知下落。姪因前一日出門討帳來歸，托蒼天之福，得逃此難，後事如何，將來打聽清楚，再為報告。敬叩族姑母大人萬福金安。

族姪高本農拜啟

華太太手上拿著信，早有兩點眼淚水滴在信紙上。一看華有光的顏色，只見他面上青一陣，白一陣，那銜在嘴裡的菸斗，雖是早已熄滅了，然而他還不斷地向裡吸著，在他這樣只吸空菸斗的時候，可以知道他的心事，並不在菸上，心已不知道飛到哪裡去了。華太太道：「怎麼樣？信上有什麼不好的訊息嗎？」有光嘆了一口氣，將信紙信封一齊交給華太太道：「你看看。」華太太接著信向下一看，那信寫的是：

有光仁兄惠鑑：家鄉鄰近匪區，前函曾為述及。茲不幸，月之十六日匪徒大舉進攻縣城，道經我村，肆行屠殺，繼以焚燒，全村蕩然，令弟全家遇難，屍骨至今未能收埋。弟幸得逃出虎口，另謀生路，此項訊息，諒道途遠隔，未得其詳，弟親身目睹，未能默爾，因是逃難途中，匆匆奉告。前路茫茫，歸去無家，弟亦不知何處歸宿也。特此馳報，並頌文祺。

鄉小弟劉長廣頓首

華太太的眼淚，本來就忍耐不住了。再看了這封信，眼淚水猶如拋沙一般的，由臉上落了下來。因向有光道：「我們是禍不單行啦，你看看我這封信。」說著，就把手上的一封信，交給了有光道，「你看看，我家也是完了。」有光將信接到手上看完，那青白不定的顏色，更加了一種淒惶之狀，手上拿著信紙，只管是抖顫個不定。他本是坐著的，不覺站了起來，胸脯一挺道：「事已過去了，我們白急一陣子也是無用，只是我那兄弟……」國雄國威看了二老這種樣子，早就將信搶過去看了一遍。國雄一跳腳道：「他殺我們，我們就去殺他們。我們到了現在，家也破了，骨肉也亡了，再要說什麼人道，我們只有伸著脖子讓人家拿刀來砍了。」國威道：「這海島上的生番，無論他們怎樣吸收物質文明，他那野性難馴，人道又和他講不通的，要他怕，只有殺。哥哥，我們投軍去，給叔叔舅舅報仇吧。」他越說越有勁，右手捏著拳頭，只管在左手心裡打著。兩道目光由窗戶向外看，看了那出兵的人行大道。華太太揩著眼淚道：「我傷心極了，你們就不要作這無聊的爭論了。」國雄道：「怎麼是無聊的爭論？我們真去投軍。」

有光將信放在桌上，又按上一菸斗菸絲，慢慢地抽著。在他抽菸的時候，他默然不發一語，也望著那窗外的陽關大道，直待這一菸斗菸都抽完了，然後才嘆了一口氣道：「這真是中國的劫運。然而這絕不是外來的侮辱，假使中國政治修明，簡直讓全世界可以注意，絕不會讓生番出身的海盜，都來欺侮中國人。」國雄道：「你老人家，或者有點錯誤，這一件事，並不用得把哲學的眼光去研究。假使哲學可以治理國家，自然沒有戰爭，而且國家兩個字，也許根本不能存在。」他說著話時，兩手反背在身後，挺著胸脯子，將腳尖踮著，身子挺了幾挺，似乎胸中一腔子悶氣，都在這身子幾挺之下，完全發洩出來。這位哲學家雖然是相信非戰主義，但是到了這個時候，兩位少君都激昂慷慨到了極點了，再要持非戰主義，恐怕要引起激烈的辯論了。於是自背了兩手慢慢地走下樓去了。這裡剩下華太太是無所謂戰主義，與非戰主義的，坐在一邊，自揩她的眼淚，國雄與國威還是繼續著說投軍去。

由投軍又說到策略與戰術，結果，兩個人還取了一張地圖，攤在桌上來看。恰是這軍事訊息，一陣又接著一陣傳來，當城裡的報紙，寄到了鄉下的時候，全村子裡的人都震動了，原來報紙上用特大的字登載，乃是海盜已經攻下沿海十七縣，馬上就要進到省城來了。這十七座城池，向來都沒有什麼軍事裝置，海盜乘其不備地突然襲取，分十幾處進攻，一日一夜之間，就完全丟掉了。國雄跳起腳來道：「古來敗國亡家的人也有，像這樣整大片丟土地的，那倒是少見，我們若再不迎上前去，照著孫中山的話，真十天可以亡國了。」國威道：「你打算怎麼辦？」國雄道：「怎麼辦？放下筆桿，我們去扛槍桿。」說著，伸手將胸脯一拍。國威原是隔了桌面在看地圖，這就老遠地站起來，伸出一隻手來，和國雄握著，連連搖撼了一陣。然後坐下來道：「這件事和父親的主張大大反背了，我們說是去投軍，恐怕他不能答應。」國雄道：「只怕我們下不了那個決心，假使我們一定要走，我們是名正言順的事，無論在舊道德上說也好，在新道德上說也好，我們的理由，是十分充足的，我們絕不能受父親干涉。」說到這裡，正是華有光又緩緩走上樓來，他見國雄國威，都寂然無聲了，便點點頭道：「你們不必做成這種樣子，你們所說的話，我已經聽到了。」國雄道：「我們的家都破了，現在不能再持非戰主義了吧？」有光點了點頭，在他二人對面一張椅子上坐下。國威站了起來，舉起一隻手來說道：「我明天去加入義勇軍。」高氏自看了信以後，滿肚皮的憂鬱，簡直不知如何可以表示出來，兩手十指交叉著，放在胸前，就是這樣默然不語地坐在一邊，現時看到國威那樣雄糾糾的樣子要去投軍，這事似乎無可挽回的了，便望著他，用很柔和的聲音道：「孩子……」國雄看到國威表示那樣堅決，他也舉起手來說，我當然是去。國威兩腳一跳，連拍兩下掌道：「好！好！我們同去。」有光把嘴裡的菸斗取下來，走到兩個兒子面前，自己也挺了胸脯，也表示出一番很沉著的樣子，望了他二人道：「你們的意志，大概是決定了，我也不來攔阻你們，攔阻也是無用。但是打仗是危險的事，我只有兩個兒子，只能去一個。」國雄道：「當然是我去。」國威道：「當然是我去。」於是兩個人都望了他父親，等他們父親的取決。

有光搖著頭道：「這無所謂當然，我也不能說哪個兒子應當去打仗，哪個兒子應當陪著父親。我和你們出一個主意，用拈鬮來解決，拈著去的就去。」國雄道：「好！讓我來辦。」背轉身就在旁邊書桌上，裁了兩張字條，用毛筆各寫了不去兩個字，然後將字條，搓成個小團兒，放在茶几上來，先用一隻手按著道：「我這兩張字條，一張上面寫去，一張上面寫不去，拈著去的去，拈著不去的就不去。」說畢，縮回手來，身子向後一退。向著國威道：「這鬮是我做的，我不能先拈。」國威倒也不曾考慮，伸手就拈起鬮來，開啟看時，卻是不去兩個字。國威一跳腳道：「太不走運，怎麼偏是我拿著不去的鬮呢。」國雄將茶几上剩下的紙鬮，拿了起來，向嘴裡一扔，吞下肚去，微笑道：「當然我拈著的是去，不必看了。我覺得蒼天有眼，我是個長子，應該去呀。」說著，伸手過來，和國威握著。國威笑道：「我祝你成功，但是我也會用別的方法來幫助你，絕不至於悶坐在家裡的。」他這樣說著，臉上儘管表示歡喜，但是心裡可懊喪極了。他無精打采地走下樓去。

華太太見國雄抖擻著精神，站在屋子中間，半昂著頭，現出一種得色來，便道：「你真要去投軍嗎？孩子。」國雄笑道：「我們鄭而重之的，拈了鬮，再說不去，那不是小孩子鬧著玩嗎？走了，我馬上到義勇軍司令部報名去。」說著，掉轉身子就向樓下走。華太太站起身來，追到樓梯口邊道：「孩子，孩子！」但是這個孩子，是國家的孩子，不是母親的孩子，已經穿上了學生服，出了大門，逕自投軍去了。過了三天之後，華國雄換了一身軍服，走出軍營來，他不是回家，卻是去探訪他幾乎可以和國家父母相併重的一個人。這種人，在男子們方面，就是沒有，也很希望著有。是一種什麼人呢？就是男子們的情人了。國雄的情人是城中女子中學的一個音樂教員，姓舒名劍花。當國雄匆促去投軍的時候，不曾分身去和劍花報告，現在是急於要去見的一個人了。劍花的家庭，很是簡單，僅僅只有她一個五十歲的老母。因為她愛好美術，所以住在一幢很整潔的小屋子裡。屋子外面有一片曠場，牆上挖著百葉窗，正對了一排密密層層的槐蔭。當國雄走到槐蔭之下，那窗戶裡面，一陣鋼琴的聲音，由窗戶傳了出來。接著便有一種很高亢的歌聲。那歌子連唱了三遍，國雄也完全聽懂了。那歌詞是：

嬌！嬌！嬌！這樣的名詞，我們絕不要！上堂翻書本，下堂練軍操，練就智勇兼收好漢這一條。心要比針細，膽要比鬥大，志要比天高。女子也是人，絕不能讓胭脂花粉，把我們人格消。女子也是人，應當與男子一樣，把我們功業找。國家快亡了，嬌！

嬌！嬌！這樣的名詞，我們絕不要！來！來！來！我們把這大地山河一擔挑。

國雄聽了這歌聲，在外面先叫了一聲好，然後推了大門走進去，一路鼓著掌道：「唱得好歌，唱得好歌！」舒劍花的書房，有一面正對了外面的曠場，外面這一叫好聲，早是把她驚動了。及至國雄走進去，她依然還坐在鋼琴邊，心裡可就想著他有好幾天不曾來，我且不理會他，裝出一種生氣的樣子，看他怎麼樣？她如此想著，所以面對了鋼琴，並不曾回頭一看。及至腳步走得近了，半偏著頭，眼睛瞟他一看，見他是穿了軍服來的，不由得口裡哎呀了一聲，突然站起身來道：「國雄，你……」國雄將身上背的武裝帶一抬，笑道：「劍花，我投了軍了，妳看我，像一個軍人嗎？」說著，做個立正勢，腳一縮，兩隻皮鞋後跟一碰，啪的一聲響，他舉著右手到額邊，和她行了一個舉手禮。劍花點了點頭，笑道：「恭喜！」說著向前一步，看了看，又退後兩步，偏著頭，向他渾身上下，打量著。

國雄也搶上前一步，執著劍花的手問道：「妳仔細看看，我究竟像一個軍人嗎？」劍花點頭笑道：「像！不但是像，簡直就是個英氣勃發的愛國軍人啦。你有了今日一天，我替你快活。」國雄道：「剛才妳唱的歌，我也聽見了。這是新編的歌詞呀，正是我們愛聽的，這比妹妹我愛你的那種歌詞，要高過去一百倍了。」劍花笑道：「幸而你來的時候，我唱的不是妹妹我愛你。假使我唱的是妹妹我愛你，恐怕你不進大門，就要走了。」國雄握著她的手，一同到一張長椅子上去坐下，笑道：「妳不會編一支哥哥我愛你的歌來唱嗎？這歌裡可以用許多鼓勵男子的話了。我記得在小學裡的時候，有這樣兩句歌，老母指面，敗歸休想。嬌妻語我，堂堂男子，死沙場上。一個當小學生的人，哪裡有嬌妻語我的這一回事。其實……其實……」他執著劍花的手，只管是搖撼不已，這句話，他可說不下去了。

同時，只把眼睛注視到她的臉上去。劍花並不去問其實以下，何以不說，只微笑道：「哥哥這兩個字，只好寫在小學生教科書裡，我這麼大人編著，我這麼大人唱，未免有點肉麻了。」國雄道：「那麼，我們來同唱一段從軍樂。」劍花一隻手托了國雄的手，一隻手輕輕拍了他的手背道：「你既是從軍，行動就不能自由，以後見面的機會很少。見了面，應當好好地談一談，為什麼唱呀鬧呀地把光陰犧牲了呢？」國雄笑道：「好，我們就坐著細細的一談，但是我覺得要說的話太多，要從什麼地方說起呢？」劍花道：「我們既不是告別，又不是有什麼問題要談判，為什麼感到談話的資料困難？」

國雄道：「並不是我感到談話的資料困難，因為妳要和我好好的談話，我想這談話，一定非比等閒，大可尋味，所以我就想到資料方面去了。」說著，向她一笑。她見他一笑，也報之一笑，在這種莫逆於心的情形之下，兩人倒沉靜起來了。

第二回　爭道從戎拈鬮定計　抽閒訪豔握手談歌

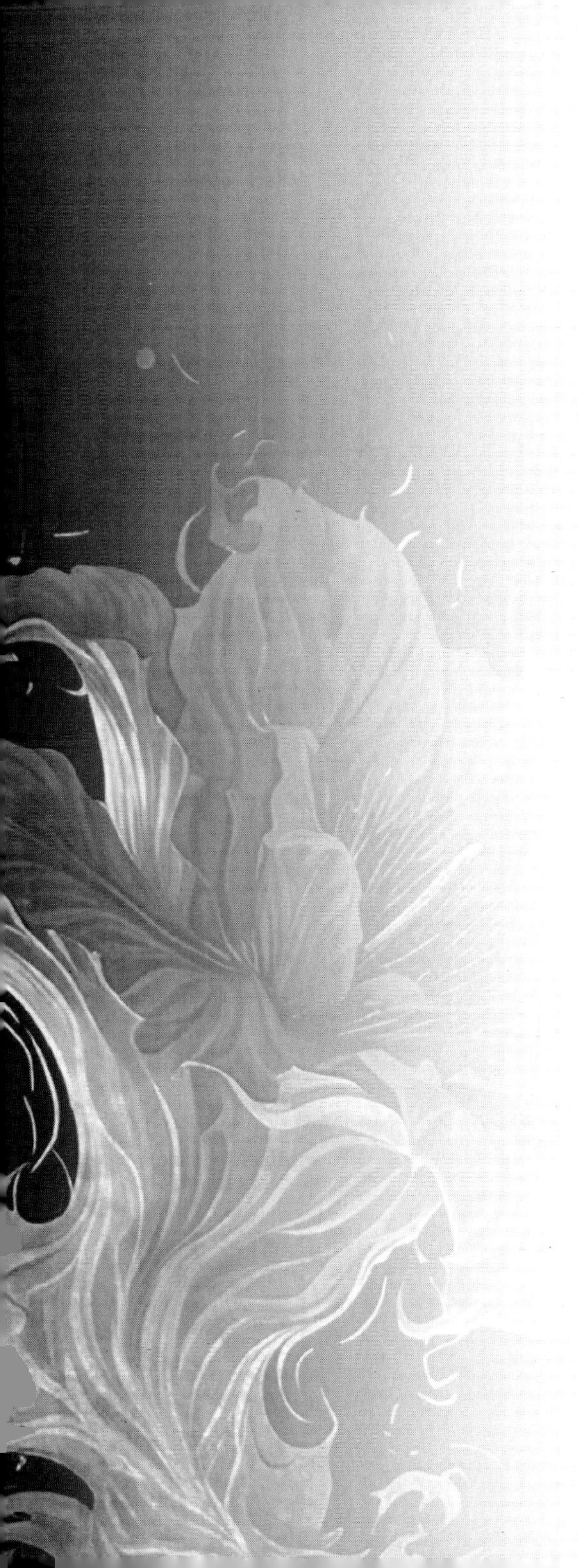

第三回　密地潛來將軍發令　雄資驟得少女忘形

女人的笑，是含有一種神祕意味的，在劍花如此一笑的時候，國雄注視著她，很久很久的工夫，不覺就是一個很長的哈欠，接著還把兩手一抬，伸了個懶腰。劍花忙站了起來，兩手向他搖了幾搖道：「你這種狀態，有點不妥，一個當軍人的人，哪有這樣懶洋洋地伸著懶腰之理？」國雄將自己的軍衣下襟，拉了一拉，突然站立起來，胸脯一挺，笑道：「妳這話說的是，我應當將精神振作起來。」劍花道：「不但如此，還有一件不堪入耳之事，我要貢獻給你。」國雄道：「不堪入耳之事，那是什麼話呢？我想妳也不至於說這種話呀！」劍花望了，她微笑道：「其實也不是不雅之言，不過你聽了，不大願意罷了。我想愛情這東西，消磨人志氣的時候多，提起人精神的時候少，你到這裡來，容易消磨你的志氣，我希望你以後不要來，萬一要來，你也應當少來。」國雄笑道：「這樣說來，轉一個彎說話，我到這裡來，就是度愛情生活了。」劍花笑道：「你自己說呢？」國雄道：「我可要駁妳這句話，古來的人，總是英雄兒女並論，妳只看那些鼓兒詞上，沒有提到打仗，不來個臨陣招親的，這可見得當兵不忘戀愛，在舊社會裡頭，已經是把這種觀念，深入民間，我何人斯……」劍花又笑著連連搖手道：「這是不通之論。古來成大功立大業的人，不見得非亦兒女亦英雄不可！西邊一個拿破崙，東邊一個項羽，那是叱吒風雲的人物，也有許多風流韻事，可是他們結果怎麼樣？西邊一個華盛頓，東邊一個成吉思汗，那是成大功的主兒，風流韻事在哪裡？俗言道得好，心無二用，一個人真要做一番事業，那就不必到事業外去談什麼愛情了。」國雄笑道：「我倒好像在這裡上歷史課，要妳和我講上這一大套兵書。但是妳所舉出例子來的這四個人，我都沒有這個資格去學。」劍花笑道：「你這話還是不受駁，哪個英雄是天生成的？還不是碰上了大有為的機會，各人自己創造出一番世界來的嗎？別人可以趁機會幹一番事業，你華國雄就為什麼不能趁機會幹一番事業？你自己雖然謙遜著，說你不能做一番事業，但是我看你就資格很夠，我希望你做一個英雄。」

國雄又坐了下去，一手搭在她肩上，輕輕拍了兩下道：「換句話說，妳就說我可以做一個華盛頓，是也不是？」劍花點點頭笑著。國雄笑道：「俗言說，關起門來取國號，我們兩人的行動，也有些差不多吧？」劍花握著他的手，輕輕向下一放，笑道：「說著說著，你又犯了毛病，這種行動，老實說，我是不大贊成的，尤其是現在這個環境之中。」說著，她就正了顏色道：「國雄，我說的是真話，我希望你從此以後，把這水樣柔情，完全收拾起來，做一個鐵石心腸的硬漢。等到打了勝仗回來，你談戀愛也好，你談風流也好，反正是各盡了各的責任，於國家社會都沒有妨礙了。你的學問見解都比我好，難道到了這緊要關頭，你就偏偏不如我。」最後這兩句話，算是把國雄刺激著興奮起來了，又站起身一挺胸脯，點點頭道：「好！我依從著妳的話辦。妳能說出這種話來，就不同於平常的女子，我佩服極了。」劍花也站起來，挽了他的手道：「你既是能做一個鐵漢，便在我這裡多耽擱一會，並沒有什麼關係。你再談一談如何？」國雄還不曾答覆她這一句話，電話機鈴，忽然響起來。國雄站著靠近了電話機，劍花好像怕國雄接著電話似的，搶了過去，就把電話耳機握在手上。

她喂了一聲，答道：「是……哦……我知道……好……我立刻就來。」她如此說著，國雄雖然猜著，必是一件不能公開說出來的事，但是劍花為人，自己是很知道的，也不見得就有什麼過分不高明的地方，只做模糊不知道，並沒有怎樣去問她。劍花倒也怕他疑心，自己先說了出來道：「真是不湊巧，我想陪著你多說兩句話，偏是學校打了電話來，催著我去有話說。」國雄笑道：「我依著妳的話，把這水樣柔情要拋開了，妳既是要走，我也不耽擱，立刻就回營去。」說著，舉手和她行了個立正禮。挺著胸脯子，邁開大步就走了。劍花很快地追送到大門口來，見他這一派氣概非凡，便在他身後連點了兩點頭，那自然是佩服的意思了。她一直等著看不見了國雄，然後回家去換了衣服，告訴了母親，在電話裡叫了一輛汽車來，她出門坐上汽車，直奔城的東北角。這裡是城中最荒僻的地方，住的都是貧寒人家和幾片菜園，並沒有什麼文明氣象，更不見一所學校。汽車開到了一條舊巷裡，很是窄狹，汽車沒有法子可以進去。劍花下了汽車，付了車費，讓汽車回去。

自己在這小巷子裡繞了大半個圈子，轉到一所破廟邊，這廟是一道很低的土牆圍繞著，上面還留著一片灰紅色塗的泥灰，是不曾剝落乾淨的，這越發地顯著這廟宇的朽敗了。隨著土牆，轉到一個後門邊，門是兩扇枯木板，原已虛掩著，劍花隨手推開門走了進去。一條不成紋理的鵝卵石小路，在古樹森森的濃蔭下，直穿過兩幢佛殿的小夾道。那人行路上，青苔長著有一寸深，而且還斑斑點點，灑了許多鳥糞。走到殿後一間堆柴草的小配殿裡，上面佛龕是倒坍了，卻有幾個斷頭斷腳的佛像。在神龕下用手一推，推出了一個窟窿，由這裡俯身而入，腳下是一層一層向下的土階，走下去七八級，就是一個道地，遠遠地放了一些光線，對著這光線走，前面的光線也就越來越大，走到近處，是個洞口，閃出一個天井，天井那邊，還是一個大門，緊緊地閉住。劍花走到門邊，且不拍門，對著門，口裡喊道：「二二四號。」那門裡彷彿是有人，只在這一聲報號之後，門開了一條縫，由門縫裡閃出了個人影子，那影子一閃，讓她由門縫裡側身而進。進了門之後，又是一條很長的夾道，這裡有兩個全武裝兵士，站在門裡兩邊。雖然放了一個人進來，而且是這種很祕密的樣子，但是他們並不介意，也不對這進來的人盤問什麼話。劍花順了這條長夾道，一直向前走，這條長夾道，在一幢高大洋房的直牆之下，一點什麼聲息也沒有，劍花在石板道上走著，那皮鞋嘚嘚之聲，卻清清楚楚的，令在這一條長夾道上都可以聽到。

這嘚嘚之聲，隨人而遠，經過了三重門，到了一個很大的門樓邊，門樓下站著四個背槍的衛兵，劍花見了他們，遠遠地站定，口裡又報號道：「二二四號。」四個衛兵之中，有一個衛兵和她點了一點頭。於是推門而進，走過一個長廊。長廊之前，是個大廳，上面垂了長幔，長幔之外，又是四個衛兵，劍花站定了道：「二二四號。」帳幔裡有人答道：「進來。」進了帳幔，是一所公事房，壁上掛了許多地圖和表格。正面一副中堂，是臨的岳武穆筆跡，「還我河山」四個大字，兩邊一副五言對聯，乃是「養氣塞天地，效命赴疆場」。在這中堂之下，設了一張公事桌，公事桌上，也是列著地圖表格書籍電話機筆墨，只在這一點上，可以知道是個很忙碌的辦事所在。一張圓椅上，坐了一個虯髯軍服的軍官，他瘦削的面孔，高鼻子，兩隻閃閃有光的眼睛，表示他一種沉毅有為的樣子出來。他手上捧了一個小藤筐子，裡面盛著一筐子帶旗的小針。他面前有一張地圖，他正把這帶旗的小針，向地圖上插著，正是低了頭，很出神的樣子。劍花因他是管全軍情報的警備張司令，地位是很高的，人也是很尊嚴的，不敢亂說什麼，所以悄悄地站在公事桌面前，靜等他的吩咐。那張司令抬起頭來，劍花連忙就是一鞠躬。張司令向她點了點頭，意思是讓她走了過去。

她走到桌子面前，望著張司令，張司令兩手按了桌子，臉上表示很沉著的樣子，對劍花道：「舒隊長，我知道妳是個忠勇精明的人，我派妳去做一件重要的工作，妳能為國家犧牲一切嗎？」劍花毫不躊躇，點了頭答道：「能！」張司令停了一停，那炯炯有光的眼睛向她一閃，低著聲音道：「我打聽得鐸聲京戲班，是海盜的密探隊，唱武生的余鶴鳴，就是首領，他有外國護照保護，我們沒拿著證據，沒奈何他們，妳去把他的祕密找出來，能暗殺了他，更好！」說話時，他兩道眼光射在劍花臉上，等她的回答。劍花挺著胸答道：「司令，我盡我的力量去做。」張司令站起來，特意步出公案走近前來，兩手按了她的雙肩，輕輕拍著，點著頭說：「我相信妳有辦法，千斤擔子，都在妳一個人挑起來了。」劍花微笑著一點頭道：「司令，我盡我的力量去做。」張司令指著旁邊一張椅子道：有話坐下來慢慢地說。於是劍花和他對面坐著，平心靜氣，商量了十五分鐘之久，然後才告辭而去。在這日的第二天，報紙的社會新聞欄裡，登著如下一段訊息：

第二女子師範教員舒劍花女士，素精音樂，每值教育界有遊藝會舉行，非女士加入，即為遺憾。然女士家道殊不甚豐，堂上一母，硯田所入，且不足以供甘旨，豐才嗇遇，聞者惜之。近今女士叔父某君，在南洋新加坡病故，事前立遺囑，以現款十萬之遺產，交與女士繼承，於是女士平地登天，一躍而為千金小姐矣。

這段訊息在報上宣布以後，社會上都轟動了。並不是這十萬塊錢，就讓人特別注意，只因為舒劍花這個人，在省城裡是朵藝術之花，傾倒於她的，為數很多，一旦聽到說她發了十萬塊錢的財，都認為是一種很有趣的新聞。一班人以為當這個亂世，一個姑娘家，突然有了這些錢，總是諱莫如深，不肯承認的。不料事實上大為不然，劍花不但是不否認，而且很公開地表示她已經發了財。她原來住的所在，本是很狹小的，在這段訊息發表後兩天，她就新租了一所高大洋房住了。這個訊息，既然登在報上，國雄自然也是知道的。自己的情人，自己的未婚妻，發了十萬塊錢的大財，當然是值得歡喜的一件事。然而轉念一想，女子的虛榮心，似乎比男子還要高一個碼子，劍花正在青年，突然有了十幾萬的家產，豈有不驕傲奢侈起來的，自己究竟是個窮措大，有了這樣一個富擁十萬巨資的夫人，將來如何可以對付。因之在劍花十分快活的時候，他倒是十分的不快，可是他轉念一想，這種猜測，未免有點無病呻吟。

而況劍花這個人，和平常女子不同，她絕不能因為有了幾個錢，就變更了她的態度，因之心裡有時又安慰一點。只是軍隊裡面，現時加緊訓練，不得請假外出，只好每日寫一封信給劍花，勸她不可因為有了錢就放蕩起來。劍花倒也有信必覆，說是雖有了錢，也只找點正當的娛樂，不過每日出去聽聽戲而已。國雄知道這個訊息，又寫了信去勸她，說是聽戲這件事，固然無傷大雅，但是現在國難臨頭，娛樂的事，最好是少尋。然而劍花再回他的信，就不提到這一層上面去了，直過了一個多星期，國雄得著一個假期，他再也忍耐不住了，出得營來，一直就奔劍花的新家而去。這裡已是一所高大的西式樓房，門前花木陰森的，是一片花園，花木中間，是一條很平坦的汽車道，直通到樓欄杆下的一所大門，門前停著一輛嶄新光亮的汽車，一個穿了漂亮衣服的汽車伕，手扶著車輪，正待開車要走，靜等乘車的人上車。只在這時，劍花穿了一身燦爛漂亮的綢衣服，由屋子裡走了出來，一見國雄，突然站住，身子一縮，似乎有點吃驚的樣子。

國雄也忘了身穿軍衣，應當行軍禮，倒抱了兩隻光拳頭，向劍花連連拱了兩拱手，笑道：「恭喜呀！恭喜呀！」劍花笑著點了點頭，便走到汽車門邊，回轉頭來笑道：「你來得不湊巧，我要出門了。」國雄道：「我難得有個放假的日子，妳不能陪著我在家裡談談嗎？」劍花笑道：「你早來一點鐘，我就能陪你談談了。」國雄聽她這種話音，簡直就是不能陪伴。心想她有了錢，果然就冷淡了。便笑著點頭道：「好吧！妳請便。但是什麼事，妳有這樣子忙呢？妳能告訴我到哪裡去嗎？」劍花昂了頭答道：「那有什麼不可以？我到大亞戲院聽戲去。」國雄望了她道：「什麼？聽戲去！」劍花又點了點頭。

國雄道：「我勸了妳好幾回了，妳都不回我的信。這樣國難臨頭的日子，我勸妳不要這樣只圖舒服吧。」劍花微擺著頭道：「你不懂。從前沒錢的時候，要什麼沒有什麼。現在有了錢，從前想不到的，現在都可想到了，為什麼不一樣一樣享受一下？」國雄淡淡道地：「妳不怕社會上的人罵妳嗎？」劍花高聲道：「我自己花我自己的錢，誰管得著？傻子，你要我做守財奴不成！再會了。」說畢，她自己開了汽車門，身子向車裡一鑽，隔了玻璃窗，向他點了點頭，汽車喇叭嗚嗚一聲響，掀起一片塵土，便開走了。國雄站在階沿石上，望著車子後身，半晌做聲不得，長嘆了一口氣道：「這是金錢害了她了。」

第三回　密地潛來將軍發令　雄資驟得少女忘形

第四回　歌院傳簽名伶入彀　蘭閨晤客舊侶生疑

華國雄這一聲長嘆，自然有極深的用意，然而舒劍花專心致志在大亞戲院，她哪裡理會得。汽車直馳到了大亞戲院，她直接就向樓上包廂房裡去。因為這個包廂，已經被她包用了一個星期之久，戲院子裡的茶房，都知道她是個老主顧，一見她，老早地就笑著一鞠躬，表示敬意。她進了包廂，就有男女兩個茶房進來伺候茶水。這都因為她很不吝惜小費，實在是值得歡迎的。男茶房退去，女茶房將茶壺斟了一杯茶，放到劍花面前，望著她嘻嘻地笑道：「小姐，您來得正好，余老闆的黃鶴樓剛露呢。」劍花微笑著和她點了點頭。這時戲臺上，剛剛上了四個隊子，門簾子一掀，余鶴鳴扮著風姿瀟灑的周瑜，向臺下一個亮相，唱了四句搖板，劍花早隨著樓上下的觀眾，啪啦啪啦鼓起掌來。周瑜坐下，魯肅上場，他躬身一揖，道白：啟稟都督，劉備過江來了。周瑜道白：劉備過江來了，帶有多少人馬？魯肅道：並無人馬，只有子龍一人。周瑜大笑起來，兩手握住了頭上兩根雉尾，扳到頭前面，轉圈兒地舞弄著梢子，那眼神就隨著雉尾梢，向包廂裡射了去，劍花覺得他這兩道目光，完全都籠罩自己身上，又笑著鼓了兩下掌。

女茶房站在一邊，低低地問道：「舒小姐，妳還有什麼事吩咐嗎？」劍花在身上掏出一沓十元一張的鈔票，抽了一張，交給女茶房道：「這十塊錢賞給妳。」女茶房蹲了蹲身子，笑道：「謝謝妳。」劍花在手提包裡，取出自己的一張名片來，交給女茶房道：「這個……交給……」女茶房笑道：「我明白，交給余老闆。」劍花點頭笑道：「對了。可是妳別對人說。」說畢，又是一笑。女茶房笑道：「余老闆早知道妳的。」劍花道：「我家只有一個老太太，朋友只管去，沒關係。」女茶房笑道：「我知道。」說畢，拿著那張名片，就向後臺而去。那飾周瑜的余鶴鳴，口裡銜了菸卷，坐在一方布景之旁，低頭沉思。那個飾魯肅的歸有年，手上拿了鬍子，一隻腳架在方凳上，向余鶴鳴笑道：「嘿！那人兒又來了。連今天包了一個禮拜的廂了。」余鶴鳴笑著噴出一口菸來道：「真漂亮！」歸有年向後臺四處看了看，低聲說：「你別胡來，仔細惹下了亂子。」余鶴鳴道：「她是個暴發橫財的小姐，我早知道了，玩玩有什麼要緊。」歸有年道：「話雖如此，人心難摸，總以小心為妙。」他們說了幾句話，又該上場，就各自上場去了。

把這一齣戲唱完，余鶴鳴到戲箱邊匆匆地去卸裝，正坐在衣箱上抬起兩隻腳來，讓跟包的蹲在地上和他脫靴子，他口裡還是銜了菸卷，在那裡微笑。那歸有年已是卸了戲裝，走將過來，將嘴一努道：「包廂裡的那人兒還沒有走哩。」余鶴鳴低聲笑道：「你見到我就說，什麼意思，打算替我宣傳嗎？」他一隻腳已經脫了靴子，卻把光襪子向他身上踢了一踢。歸有年將身子一閃，就笑著避開去了。余鶴鳴倒相信歸有年的話，以為劍花果然還在包廂裡等著，連忙走到上場門，將門簾子掀開來看了一看。歸有年站在身後，拍手哈哈一笑。余鶴鳴回轉身來，剛待說一句受了騙，只見一個女茶房在後臺門口一閃。余鶴鳴心裡一動，就匆匆地洗了臉，換好衣服，走了出去。一出後臺門，那女茶房由牆邊迎了出來，低聲笑道：「余老闆你剛出來，我等了好久了。」說著，將身上揣的那張名片，向他手上一塞。余鶴鳴接過來一看，笑著道了一個哦字。女茶房笑道：「她說了，她家裡只有一位老太太，家裡非常文明的，朋友去了，她們是滿招待。」余鶴鳴在身上掏出一張鈔票，向她手上一塞，笑道：「妳不要做聲。」女茶房接鈔票，道了一聲謝謝。

余鶴鳴笑道：「別謝，以後有事拜託妳的時候，妳別拿巧就得了。」說著，一路笑了出去。他有了這張名片，連姓名地址電話號碼全知道了。這還有什麼可躊躇的，要見她便按圖索驥而去就是了。過了一天，第二天恰是沒有日戲，換了一套西裝，坐了汽車，就來拜會劍花。這個時候，劍花正在一個精緻的小書房裡，半躺半坐在沙發上，拿了一本書看。一個聽差送上一張名片來，劍花接過來看了，便道：「請！快請！」聽差道：「請到客廳裡嗎？」劍花將這本西裝書撐了下巴頦，想了一想，笑道：「就是這裡會他吧。不，你先把他請到客廳裡，再來告訴我。」聽差出去，把余鶴鳴請到客廳裡坐著，然後再進去報告。余鶴鳴一看這客廳裡，全是西式家具，地毯鋪了有一寸厚，可想是個歐化的富家。自己正在這裡打量，那聽差又出來相請，說是我們小姐請到裡面坐。余鶴鳴聽了這話，不免心裡一跳，一個初來的生客，怎麼就請到內室裡去？笑了一笑，就跟著聽差走；到了劍花的書室裡，只見劍花穿了一件花衣服，袒胸露臂地斜坐在沙發上。她一見客來，突然站起，笑道：「喲！呵喲！余老闆，請坐！」在她這呵喲一聲之間，看她臉上笑嘻嘻，大有受寵若驚的樣子。

余鶴鳴笑著，向她鞠了一個躬。劍花低了頭，笑著又說請坐，似乎有點害羞哩。余鶴鳴道：「這一個禮拜，多蒙舒小姐捧場，我特意來謝謝的。」劍花笑道：「呵喲！這話不敢當，余老闆肯到舍下來坐坐，那就很賞面子了。」彼此對面坐下，劍花的目光下視，由他的皮鞋上，緩緩向上升，一直看到他的胸襟上來。見他衣袋中有一把鑰匙鏈子垂在外方，不免多盯了兩眼。在她這種表示之下，余鶴鳴心裡蕩漾著，也不免向劍花看來，先看她的腿，再看她的薄綢衫，見她袒出來的胸脯，又白又嫩，如豆腐一般，說不出來自己心裡有一種什麼感觸。他正如此看了發呆，不料就是這個時間，來了一個不速之客，不是外人，就是劍花的未婚夫華國雄。國雄因為前天一句話，沒有把劍花勸過來，心中實在放不下，今天又請兩點鐘的假，打算見了她，好好地勸上一頓。他到這裡，也不要門房通報，一直就向裡撞，及至走到內客室門外，一見有個西服男子在這裡，而且劍花是這樣一種裝束，立刻心中一跳，站著發了呆，走不上前去。劍花一回頭看到，只當沒事，笑著站了起來，向國雄招了一招手道：「來！我給二位介紹介紹。」於是半勾著腰，向國雄道：「這是敝親華先生。」余鶴鳴也不知道是她什麼親戚，就站起身來，點了點頭。劍花又介紹道：「這是余老闆，都請坐。」這余老闆三個字，國雄聽了，是異常刺耳，便笑著點頭道：「余老闆請坐吧，我暫不奉陪。」又對劍花道：「我要看伯母去。」說畢，就轉身上樓去了。樓上一間大屋子裡，也是像樓下一樣，陳設得很精緻。劍花的母親舒老太太，正斜躺在一張安樂椅上。身邊有個櫃式的話匣子，正唱著，她笑嘻嘻地側著臉在那裡聽。國雄走進來，行了個軍禮，笑道：「伯母，好快活啊！」舒老太太起身笑道：「我這大歲數了，快活一天是一天。你今天怎麼又有工夫來？」國雄在老太太對面一張椅子上坐下，很從容道地：「我是特意請假來的。」老太太走向前將話匣子關住，按著叫人鈴，對國雄這句話，似乎沒有怎樣注意。一個女僕進來了，老太太道：「妳泡壺好茶來，把好點心也裝兩碟子來。」國雄坐著，伸出兩隻腳，兩隻皮鞋互相疊住了搖撼，便注視在自己兩隻皮鞋上，默然不做一聲。

舒老太太站著看了他那樣子，不覺微微一笑，她依然在安樂椅子上半斜躺著，微笑道：「劍花和我買了這個話匣子，什麼樣的電影都有，你愛聽什麼電影？」國雄笑道：「我們軍營裡正在練習作戰，光陰是很寶貴的，老遠地請了假來聽話匣子，這是什麼算盤呢？」舒老太太笑道：「你現在真是愛國，但是找一點快活，也沒有什麼關係吧？」國雄道：「雖然是這樣說，但是娛樂這兩個字，很容易頹廢少年人志氣的。」舒老太太道：「這樣說，我們快樂是不要緊了，一來是女人，二來又年老了，要愛國也無從愛起。」國雄道：「說到年老的人，無從愛國，這還有話可說，若說婦女就無法愛國，這句話，我有點不能贊同。伯母的意思怎麼樣？」舒老太太道：「當然，婦女們一樣的可以愛國。」國雄道：「說到這一點，我就要論到劍花了。她正是一個有為的女青年，不但不愛國，而且她鬧得太不成話了。天天聽戲，吃館子，跳舞……」舒老太太便搶著道：「你為什麼這樣頑固？她以前很苦，現在有了錢，讓她快樂快樂也好。」國雄點頭道：「對了。有了錢是應該讓她快樂的。不過我們總是清白人家，把那走江湖的人引到家裡來，總也不大好。」舒老太太道：「哪有什麼走江湖的人到我家來呢？」國雄笑道：「原來伯母還不明白，請你到樓下去看看，有什麼人在那裡坐著？」舒老太太道：「哦！你說的是唱戲的余鶴鳴嗎？唱戲的人，現在不像以前了，社會上都很看得起他的。劍花喜歡音樂的，讓她交兩個藝術界的朋友，這也無所謂啊！」國雄道：「你老人家，沒有看到過余鶴鳴這種人，一臉的油滑樣子，絕不是什麼正經的藝術家。我雖然有點頑固，但是不見得有那種封建思想，就像舊社會的人一樣，看不起戲子。」舒老太太道：「這位余老闆的戲，我也看過的，他不像是個壞人。」國雄聽到老太太極力和劍花辯護，多說也是枉然，冷笑了一聲道：「很好，那就很好，再見了。」說畢，站起身來，就告辭而去。

舒老太太追著送到房門口，笑道：「沒有事就來坐坐啊！」國雄鼻子裡哼了答應著，人就一步一步地向遠，已經走下樓去了。當他下樓經過內客室的時候，只見劍花和余鶴鳴並坐在一張沙發上，笑嘻嘻地彼此談得很起勁。國雄鼻子裡又哼了一聲，冷笑著走夾道繞了出門去，就沒有經過那內客室。然而劍花在屋子裡，眼睛可是不時地注視到窗外和門外，見國雄一人低頭紅臉而去，禁不住呆了一呆。余鶴鳴也看到了，笑問道：「這位華先生，是府上什麼親戚呢？」劍花道：「是我一個遠房姐夫，其實也不能算是親戚。他知道我家最近在經濟上活動一點，就常來借錢，真是討厭得很。」余鶴鳴道：「他穿了軍服，是義勇軍嗎？」劍花道：「什麼義勇軍，風頭軍罷了。他借了這個機會，穿上一套軍衣，好到處耀武揚威，這種人我最是討厭。」余鶴鳴笑道：「舒小姐一連說了兩個討厭，當然對他是討厭得很。」劍花嘆了一口氣道：「俗言說得好，貧居鬧市無人問，富在深山有遠親。我們現在可以過日子，什麼親戚都來了。人家好意來相看，有什麼法子可以拒絕，只得罷了。」余鶴鳴聽了這話，也只含著微笑，不去再說什麼，因為他早已看到她手指上戴了訂婚戒指了。劍花在自己說完和國雄的關係以後，也覺得有點失言，但是若再用話來掩飾，恐怕更會露出馬腳，所以並不說什麼，只當沒有感覺到余鶴鳴已察破了祕密，只管把很甜蜜的話去逗引他，將這事牽扯開去。余鶴鳴陶醉在劍花的眼光笑意裡了，在初見面的一個期間，自然也不便去追問，所以依然很高興地談到日落西山，方才告辭而去。

劍花談話的時候，原是笑嘻嘻的，但是等到送客到了大門口，回轉身來以後，立刻雙眉緊鎖，說不出她胸中那一番痛苦來。緩緩地走上樓，到了她母親屋子裡，兩手一揚道：「唷！真是不湊巧，偏偏趕著他今天來了，把事情幾乎弄僵。他上樓來說了我什麼？」老太太笑道：「妳想，他能不說什麼嗎？」劍花道：「這個我也沒有法子。我不但是這樣，弄假成真，也許真要和他離婚才好。」老太太哦了一聲道：「那可使不得！妳不明白他的那個脾氣嗎？也許會激起什麼意外來。依我說，妳就對他把話說明也好。」劍花笑道：「這是重要大事，怎可胡亂對人說的！老實說，原先我對妳老人家也想瞞著的，但是我憑空落下一個叔叔，而且有十萬塊錢的遺產，要是不和妳說明，怎樣裝得像呢？為了公，就顧不了私，為了國家，就顧不了愛情。我已經決定了犧牲，對不住國雄，只好讓他去生氣的了。」老太太點了點頭道：「唁！我也沒有法子，只好聽憑妳去做了。」劍花道：「這個姓余的，機警非常，要想在他面前玩手段，那非做得像真的不可！我想到了真沒有辦法的時候，我就拿這條命拼了他，也不能讓他在這城圈裡作怪。」老太太聽了這話，眼望了這花枝一般的姑娘，只管發愣，做聲不得。劍花站在一邊，也斜對了她母親，呆了一會，忽然笑起來道：「不要發愁了，我來跳一段舞給妳老人家看吧。」於是找了一張跳舞的音樂電影，向話匣子上一放，自己牽了長衣的下擺，左搖右擺，就在屋子中間跳起舞來。老太太先是皺了眉望著她，她跳舞跳到老太太面前，卻一伸脖子，在老太太臉上聞了一聞，老太太說一聲淘氣，也就禁不住哈哈大笑起來了。

第五回　留別書棄家衛社稷　還約指忍淚絕情人

在劍花這一方面，對這件事，似乎毫不為意。可憐華國雄這書呆子，哪裡摸得清楚，總以為劍花有了錢，就變更態度了。本來放心不下，總想向劍花去多勸說幾回。但是義勇軍近來操練得很緊，絕對沒有工夫可以出營去。每當自己一人想著很過不去的時候，就寫封信給劍花。但是去兩三封信，也難得她回答一封信，就是回了信，她也決計不肯提到娛樂兩個字上面去，只是勸國雄為國努力而已。國雄一氣之下，也就不再寫信給劍花了。過了一個星期之久，前線很緊急，義勇軍等著出發，內部忙了兩天，在開拔的前一天，和開拔當天的上午，將兵士分別放假三小時，讓各人出營去和親友告別。國雄是在當天上午得的假，因為時間匆促，在城裡借了一輛腳踏車，就飛快地騎著跑回家來。

他到了家門口，想看看父母做什麼，要突然地現在二老之前，好讓他們驚異一下子，因之將車放在大門口，悄悄地步行進去，樓下並沒有人，只看那垂著的竹簾，讓風微微掀動著，和門撞擊著，那輕微的聲音，都可以聽得出來。這樣的靜寂，想是父母都睡了午覺了。兄弟國威，他不是一個能安靜的人，怎麼也不做聲呢？於是又悄悄地登著樓梯，走到樓上來。在樓門口就站住了，看看樓上有什麼動靜。只見他母親斜靠在一張藤榻上，兩手放在胸前，低垂了眼皮。父親口銜了菸斗，兩手反背在身後，面窗而立。那反在背後的兩手，右掌托了左拳頭，只管互相拍著。看那神情，又是在思想一件什麼事情呢。他母親高氏，忽然嘆了一口氣，沉靜了一會子，才道：「這件事，我真是料不到的，照私理說我是不願意的。」有光依然面向著窗子外，嘆了一口氣道：「他們的題目大，我們有什麼法子呢？只是國威這孩子做事，也太任性一點。其實我們有話也不妨好好地說。」高氏道：「我們倆，都有個歲數了。兩個孩子都從軍去了，兩個孩子……」國雄在樓口上看到，再也忍不住了，先叫了一聲媽，又叫了一聲爸爸，隨著叫聲，人就跑了上前去。有光夫婦回頭看到，高氏哎呀了一聲，首先站了起來，望了他道：「我的孩子。」有光也緩緩走近前來，看了他道：「臉曬黑了，可是人健康得很多了。」說時，手裡拿了菸斗敲灰，勉強一笑。國雄斜伸了一隻腿，站在二老面前，正了臉色道：「我們的軍隊，今天下午開拔了，要上前線去。」有光點了點頭道：「那……很好！為國努力吧。你兄弟昨天留下一封信，不辭而別的，也投軍去了。」國雄道：「怎麼？他也走了。」高氏走上前，和他牽了一牽軍衣，口裡答道：「可不是？孩子！」國雄看了二老這種樣子，深怕更會說出許多傷感的話來，便笑道：「我兄弟自小就是個有志氣的人，他一定可以烈烈轟轟做一場的。」有光點頭道：「你們倒是難兄難弟了，你看他這信。」於是就到寫字桌子上，拿了一封信交給國雄。他看那信封面上寫著留呈雙親大人。抽出信紙來，看那上面寫道：

雙親大人垂鑑：當大人讀兒此信時，兒已在學生軍司令部矣。兒不孝，不能遵二老之命，在家奉養，自知無以對撫育之恩。然兒習體育者也，體育之於吾人，乃在鍛鍊身體，為國家社會做一有用之才，絕不在乎謀一己之健康，作延長生命計，更非踢球賽跑，奪彼徒飾虛榮之錦標而已。今國家多事，民族淪亡之慘，迫在目前，若兒學體育之人，反蟄伏家中，偷安旦夕，則吾人最初習體育之意義何在？父為有名之哲學家，全國所景仰，畢生衣食，自可無慮，即無兒等奉養，將不至陷於凍餒。母親居心仁慈，且復精神康健，雖入老境，蒼天必加以福佑。兒再四思維，居家不過趨事晨昏，為力甚小，投軍則多殺一敵，即為國多除一害，較為有價值之舉動。總之，家庭不必有此一兒，國家則不可無此一兵。其毋謂一人去留，無關大計，設全國青年皆作此想，則義勇軍學生軍無法召集矣。兒籌之既熟，深恐與二老面商，必多勸阻。因之留書與王福，囑兒出門後四小時，再行呈上，以免行至中途，再生波折。二老均非平常之人，兒之此舉，必可原諒。兒非萬不得已，亦不遽作犧牲，必保留此身，從容殺敵。忍淚留呈，難盡所懷。

以後在營操練，或出發前線，自必隨時作函稟報，可勿掛念也！

兒國威敬稟

國雄將這封信看完點了點頭道：「我兄弟是條漢子。很對得住我們姓華的這個華字。」有光將信接過去，從容放到抽屜裡去，口裡卻道：「他說的理由是很充足的。只是……」高氏道：「你兄弟倆有一個在家裡呢，我也沒有什麼可說的了。偏是你兩人都投軍了。」說著，二老都默然地在椅子上坐下，望了兒子只管發呆。國雄一看二老態度不妙，立刻牽了牽軍服，將胸脯一挺，做一個立正勢，笑道：「媽！您看您兒子不是一個大國民嗎？有這樣一個兒子，您不足以自豪嗎？」高氏兩眼內含著兩包眼淚，向他點了頭抖顫著聲音道：「我……我很自豪的……孩子。」國雄道：「父親，我們下午就要開拔，假期只有兩小時了。我還想去和劍花告一告辭，現在我要走了。」有光道：「好！你也應該去和她告一告辭。」國雄道：「您有什麼事吩咐我嗎？」有光道：「你很好，我很放心。沒有什麼可告訴你的了。是你兄弟信上所說的話，國家需要你們去當兵，比我需要你們做兒子，還要緊得多，好吧，你去為國努力吧。」高氏點了點頭道：「對了，你們努力吧。家裡是沒有什麼事的。」國雄挺了腰，舉手行了個軍禮，又做了個向後轉勢，放開大步，就下樓出門而去。出了大門，趕快地騎上腳踏車，一溜煙似的就走了。二老也來不及下樓來送，就站在樓窗戶邊，順著大道望去。國雄在腳踏車上坐著，是頭也不肯回的。二老在樓上，直望著這輛車和人成了個小黑點，以至於不見。這裡國雄一路趕來，心裡可就想著，劍花每天是要出去看戲的，這個時候去，不要又是撲了個空吧？可是天下的事，很有出於意料以外的。這天下午，劍花正是沒有出門。所以沒有出門的緣故，正因為她要去看的余鶴鳴，正來看她來了。她和他坐在內客廳裡，談笑著喝咖啡，吃糖果。余鶴鳴笑道：「妳唱得很好，今天沒事，再唱一段我聽聽，行不行？」劍花頭靠了椅子背，眼睛向上注視著微笑道：「我唱就唱，沒有配角，又沒有胡琴鼓板，唱不出個勁兒來。」余鶴鳴道：「胡琴是不得便，我和妳當個配角吧。」劍花道：「當配角，你要我唱什麼呢？」余鶴鳴道：「唱一出《烏龍院》吧。我和妳配張文遠。」劍花笑道：「你配這齣戲，打算討我的便宜嗎？」余鶴鳴笑道：「這就太難了，慢說口裡清唱，就是在臺上真唱，又有什麼關係。」劍花道：「這是你們在臺上唱戲唱慣了的人，那不算一回事，我們……」余鶴鳴站起來，走到她面前向他拱了一拱手道：「面子面子！這裡又沒有外人，就算口頭上占一點便宜，又算什麼哩？」劍花把那架起的腿，只管搖撼著，就抬了頭出神。余鶴鳴也不管她同意不同意，就站在她面前唱道：「思情人，想情人，思想情人常掛在心。一步兒，來至在烏龍院，叫聲大姐快開門。」劍花背著臉就接著向下唱道：「忽聽得門外叫一聲，莫不是三郎到來臨？用手兒開開門兩扇……」唱時，就向余鶴鳴瞟了一眼，余鶴鳴向她作了一個揖道：「有勞大姐來開門。」劍花將沙發椅上的靠墊，拿一個放在中間，又用手輕輕地拍著道：「端把椅子三郎坐。」余鶴鳴就坐下來，笑著唱道：「多謝大姐好恩情。」劍花唱道：「問三郎，為何不來烏龍院？」余鶴鳴道：「只因懼怕一個人……」唱時，他用手向外一指。這一指之間，恰是電鈴響：國雄來了。他在門外，彷彿就聽到屋子裡有一種歌唱之聲。

早在外面站著，不肯進去。最後忍耐不住了，就一按門鈴，然後到外客廳站著，叫聽差到裡面去，把劍花請了出來。劍花正在內客廳裡唱得高興，聽差說有客在外面等著。劍花一時沒有想到是國雄來了，便道：「是什麼客？你也不要他一張名片，就把他讓進來了嗎？」聽差道：「不是別人，是華先生。」余鶴鳴早是注意國雄的了，也就插嘴笑道：「是啊！不是別人，這還用得著那通報的一道手續嗎？」劍花望了他一眼，微微笑著，並不說什麼。就對聽差道：「你給他倒茶，我就來。」聽差去了，劍花對余鶴鳴道：「請你在這裡寬坐二十分鐘，我和他說幾句話，打發他走了，再來奉陪。」余鶴鳴笑道：「妳請便吧，不能為了我這一個不要緊的客，連其餘的客，都不要妳去奉陪。」劍花也不願和他多說，伸手拍了一拍余鶴鳴的肩膀，笑道：「我真是有點對不住。」說著，走到前面客廳裡來，見國雄並沒有坐下，兩手抱在胸前，只管在屋子裡走來走去。

那皮鞋走在地板上，只管咚咚作響。劍花一推門進來，他先笑著點頭道：「我來打攪妳了。」劍花笑道：「好多天沒有見，怎麼見了面就說俏皮話？」國雄道：「不是我說俏皮話，我在門外，就聽到妳唱得很高興。我一進來，可把妳的唱打斷，豈不是打攪妳了嗎？」劍花點頭笑道：「請坐吧。今天怎麼有工夫出來呢？」國雄道：「我不坐了，說兩句話我就走。我今天下午開拔了，我特意來和妳告辭。」劍花點頭道：「我祝你勝利回來。」國雄板住了冷笑一聲道：「勝利回來嗎？我不願回來了，因為我不能做宋公明，妳去陪妳的張文遠吧。」說時，就在手上把訂婚的戒指脫了下來，交給她道：「這個東西，我也不配戴著，妳收了回去吧。」劍花不料他做事如此的率直，手裡托著那戒指，只管發愣，半晌，才微微一笑道：「那也好！」國雄笑道：「怎麼不好？」說畢，抽身就向外走。劍花道：「喂！你別忙走，我和你說幾句話，行是不行？」國雄已是走到門口了，聽了這話，復又轉身回來，望了她道：「還有什麼可說的呢？我覺得我這種辦法，真是很圓滿的辦法了。」劍花望了那戒指，靜默了兩三分鐘之久，才道：「這種大事情，難道你考量都不考量一下嗎？」國雄道：「我現在是個軍人了，所要的是民族的光榮，生命可成了水面上的浮泡，說破就破。生命都不能保，愛情與婚姻，那更是太沒有關係的事。我此去十有八九不能回來，與其讓你做一個未過門的寡婦，不如我們先斷絕了關係，讓妳做個閨房小姐。」劍花眼睛裡面，水盈盈的，不免含著兩包眼淚，許久不能做聲。國雄道：「你不必傷心。妳心裡難過，不過是這五分鐘的事情。把這五分鐘過了，你身體上更得著一重自由，精神上更得著一重安慰，以後妳就會想到我這舉動，並不是一件魯莽的事了。」劍花用手絹擦了一擦眼淚，微笑道：「你的話很有理，我完全接受了。你這裡還有我一個戒指，要不要拿回去？」國雄道：「哦！我還忘了。當然我要拿回去。」劍花道：「不必！我送到你府上去就是了。你帶到營裡去，不免受點刺激；打仗的時候，不要為這個，分了你的心。」國雄皺了眉道：「既然如此，妳又何必叫我回來，說上許多話。再見了。」說畢他掉轉身軀，再也不回頭，匆匆地就走出去了。劍花手指上戴了一個戒指，手心裡又托了一個戒指，於是注目向手心裡呆呆地望著，忽然握住了戒指，向外面追了出來，口裡喊著道：「國雄！國雄！」但是國雄出門之後，騎上腳踏車，早跑得無影無蹤了。

劍花站在院子裡，發了一陣子呆，然後跑回客廳去，伏在沙發椅上，嗚嗚咽咽地哭將起來。她的頭還沒有抬起來，忽然余鶴鳴在身旁道：「怎麼著，妳捨不得吧？」說著，把兩手將她的頭扶了起來，只見她滿臉都是淚痕，鼻子裡還抽噎有聲呢。劍花將手絹擦了一擦眼淚，站起來挺著胸道：「我哭什麼？我又捨不得什麼？你看，你不是很注意我手上的這一個戒指嗎？現在我可以老實告訴你，我和他脫離婚姻關係了。」余鶴鳴坐到沙發椅子上，握住了她的手，笑道：「我在門後面，都聽見了。他說我是張文遠，可是我願意做花園贈金的薛平貴呢。」劍花將手上戒指，也脫下了，把兩個戒指托在手心裡，顛了兩顛，哈哈大笑起來。余鶴鳴道：「妳不哭，倒笑了，什麼意思？」劍花聽他問，笑得更厲害，身子向他懷裡一倒，斜躺在沙發椅上。余鶴鳴道：「怎麼我越問，妳越笑。」劍花道：「我現在算是看透了他是個忍心的人了，到底我雖受了他的騙，還沒有上他的當，傷心固然是傷心，高興我也是高興，這個雙料大傻瓜，他以為把戒指交還我，就可以氣我，其實我才犯不上呢。哈哈哈哈！」她口裡如此談著，眼睛可就注視著余鶴鳴口袋外垂出來的鑰匙鏈子。余鶴鳴在軟玉溫香抱滿懷的時候，眼醉了，心也醉了，又哪知道愛情以外有什麼問題呢？

第五回　留別書棄家衛社稷　還約指忍淚絕情人

第六回　啼笑苦高堂人去後　昏沉醉客舍夜闌時

屋子裡面沉寂了幾分鐘，在沉寂的時候，余鶴鳴覺得有一種輕微的脂粉香氣，襲入鼻端，不由得心中微微蕩漾起來。劍花將臉貼到他胸前，對那鑰匙上錶鏈，又仔細看了看。余鶴鳴用一隻手搭在她的肩膀上，頭向下一低。劍花以為他知覺了什麼，心中倒是一驚，索性將頭向他懷裡擠了一擠。余鶴鳴拿起她一隻手，放到鼻子上聞了一聞，笑問道：「舒小姐，我有一件事，想要求妳，不知道你能不能答應？」劍花望了他笑道：「你說吧。只要不讓我為難的事情，我一定可以答應。你是絕頂聰明的人，當然也不會讓我為難。」余鶴鳴用手輕輕在她肩上拍了幾下笑道：「妳真聰明，先不用我說什麼，把話就封上門了。其實我也沒有什麼奢望，不過我想在今晚散戲之後，和妳暢談一番。」劍花笑道：「呵喲！散戲之後，還要暢談，那會遲到什麼時候去，我家慈恐怕有些不願意。」余鶴鳴道：「也不怎麼晚，若是跳舞去，不到天亮不能回來，又當怎辦呢？」劍花笑道：「俗言道得好，眼不見為淨，真是老太太不看見，回來說兩句好話，也就遮蓋過去了。我們在家裡儘管坐著談話，老太太豈能一點不管？」余鶴鳴笑道：「要眼不見為淨，那很容易，散戲之後，我在敝寓，恭候臺光。」劍花皺著眉想了一想道：「不大方便吧。」余鶴鳴道：「有什麼不方便？我那地方，說熱鬧就熱鬧，說冷靜就冷靜，我若不讓人闖進屋子來，誰也不敢來。」劍花搖搖頭道：「我倒是不怕人。」余鶴鳴道：「卻又來，既是不怕人，有什麼去不得的。」劍花微笑道：「但是我怕你。」余鶴鳴道：「你怕我做什麼？我又不是豺狼虎豹會吃人。」劍花道：「你不會吃人。」說著這話，眼睛瞅著他，只管向他微微地笑著。余鶴鳴笑道：「妳不要疑心了，來吧，我今天晚上等妳，妳若是不來，我就會急死的。」劍花笑道：「何至於此呢？」余鶴鳴道：「當然是這樣的，不過妳不明白男子所處的環境。」劍花坐了起來，望著他的臉道：「這話我更不懂了，這與環境兩個字，又有什麼關係？」余鶴鳴臉上紅著笑道：「我瞎說了。不過我想妳前去，卻是事實，妳要不去，恐怕我明天登不了臺。」劍花道：「那為什麼？」余鶴鳴道：「今天晚上，我要是一宿睡不著覺，明天有個不害病的嗎？若是害了病，有個不請假的嗎？」劍花點了點頭道：「到於今，我總算相信唱戲的人特別地會說話。」余鶴鳴笑道：「無論怎樣地會說話，到了妳面前，話也沒有了。哈哈！」說笑著，又伸了手，不住地拍她的肩膀。

劍花心裡高興極了，表面上半推半就的，只是傻笑。余鶴鳴道：「妳再就不用推辭了，我回去吩咐廚師好好預備一點吃的迎接嘉賓。」說時，站了起來，依然不住地拍著劍花的肩膀。劍花只好點點頭，低聲答道：「你一定要我去，我也不便一定拒絕。倒是你不必和我預備什麼東西，我坐一會兒就走。」余鶴鳴伸手和她握了一握，笑道：「那就是晚上見吧。」笑嘻嘻地去了。劍花也是笑嘻嘻地送他出了屋子門，站在廊簷臺階上，向他的後影放著笑臉，預備他不時回過頭來，卻可以看到本人的笑容。直等余鶴鳴走出大門，上了汽車，隔著玻璃窗還點了個頭，然後才回轉身來。但是她掉轉身來之後，那笑容怎樣也維持不住，三腳兩步跑回屋子去，伏在沙發椅子靠背上，嗚嗚地就哭了起來。她自己哭著，並不覺得怎樣，把旁邊一個倒茶的女僕，倒十分驚異起來。

剛才小姐和余老闆坐在一處說話，是那樣歡天喜地的，余老闆一走，就如此大哭，難道是捨不得人家走嗎？這就想勸兩句，也不知道如何去勸好，只是問道：「小姐，妳這是怎麼樣了，妳這是怎麼樣了？」劍花這種委屈的心事，怎能對一個無知識的女僕去說，只是搖搖頭，依然繼續地向下哭，女僕莫名其妙，便跑上樓去告訴舒老太太。老太太聽說，心裡大吃一驚，心想，莫非我們小姐計劃的事，已經失敗了。匆匆地走下樓來，見劍花已是坐在那裡，用手絹不住地擦著眼淚。舒太太站在她面前，望了她的臉道：「妳又是什麼事，只管鬧脾氣？」劍花嘆了一口氣道：「我這犧牲大了。妳瞧，國雄這書呆子，和我認起真來，拿戒指還了我了。這樣下去……」她說著話，見女僕站在身邊，就對老太太丟了一個眼色，再道：「他是不會和我再好的。我並不是捨不得他，我覺得他這個人做事太絕情，不由我不傷心。其實一個大姑娘別什麼事可以為難，找丈夫有什麼為難，我這時候說一個嫁字，恐怕有幾十人搶著要娶我呢。我不嫁別人，我偏要嫁余鶴鳴，活活把他氣死，看他什麼法子對付我。」說著，將牙齒咬了下嘴唇皮，又頓了兩頓腳。老太太向女僕道：「妳去擰把手巾來給小姐擦臉。」女僕答應走開了，老太太就低聲問道：「妳突然哭起來，為了什麼事，倒嚇了我一跳。」劍花用手絹擦了擦眼睛，倒笑起來，便道：「這也可以算是我的孩子脾氣，於今想起來，倒幾乎誤事。余鶴鳴約了我今天晚上，在散戲以後，到他寓所裡去。說不定這東西，又存了什麼壞心眼。」老太太聽了這話，不由得臉上顏色一變，望了她道：「姑娘……」只說到這裡，女僕已經擰著手巾來了。劍花將兩手向老太太做個推送之勢，口裡連連道地：「請妳老人家上樓去吧！」老太太望著她退了兩步，臉上依然有些猶豫之色。劍花眼珠一轉，就攙著老太太走上樓去。到了屋子裡，劍花將門關上，讓老太太坐下，正了臉色向她道：「媽！妳不是下過決心，為國家犧牲妳這個姑娘嗎？現在妳就只當我是死了，不管我到什麼地方去，你都不用過問。」老太太沉默了很久很久，才點著頭道：「事情已做到了這種地步，我還攔阻得了妳嗎？不過我聽妳在今晚深夜要到余鶴鳴家裡去，妳究竟是個姑娘……」劍花突然將胸脯一挺道：「姑娘？姑娘怎麼樣？姑娘就不能冒險嗎？這是我自己不該哭，做出了這小家子的樣子，所以引得老太太看不起我。」說著將房門打了開來，喊道：「王媽，給我燒火剪，預備燙頭髮，晚飯給我預備一杯葡萄酒。」她很亮的聲音，說著笑著，就這樣走了。老太太雖是有些提心吊膽，想到今晚是最緊要的關頭，眼看自己姑娘要建立一場大功業，豈可把她的雄心打斷了。這也只好聽了女兒的那句話，只當她死了，也就無甚可念了。吃晚飯的時候，劍花已是把一頭長髮燙得堆雲也似的。臉上搽抹了脂粉，畫了眉毛，在滿面淚痕之後，算是又成了一個笑容可掬的歡喜姑娘。吃過晚飯之後，她並不覺得今晚上要去辦什麼重要的事情。挑了一件最豔麗的衣服穿上，手指上又添了一個鑽石戒指，笑嘻嘻地坐了汽車上戲園子去。唱戲的時候，余鶴鳴在臺上，不住地向劍花包廂裡飛眼，劍花總是微微帶著笑容，有時好像還點著頭，那意思就是說我知道了。

戲唱完了，劍花剛站起身來，那個女茶房，早就站在身邊，向她低聲微笑道：「舒小姐，余老闆說……」劍花笑道：「我已經知道了。妳到後臺去告訴余老闆，我不會失信的。」女茶房聽說，掉轉身就跑過去了。劍花知道她是到後臺報信去，這也不必去理會，自己慢慢地走出戲園子，在咖啡店裡喝了一杯水，好等余鶴鳴先回家，然後才坐了汽車到他們住的寓所來。這裡的門房，已經得了余鶴鳴的指示，只要有女客來，就請到他的房間裡去，所以劍花下車之後，他並不怎樣仔細盤問，要了一張名片看看，就引著到余鶴鳴房間裡來。這裡是一間加大的臥室，在屋中落地花罩之間，垂著一掛綠色的呢幔，在幔裡是床鋪箱櫃，在幔外是桌椅陳設。房間是用花紙裱糊的。並沒有什麼痕跡，地板上卻鋪了很厚的地毯，腳踏在上面，軟綿綿的。地毯上放了一套小沙發，在椅子腿邊，地毯皺了起來，而且微捲了一隻角。劍花一推旁門，眼光是閃電也似的，早是四方上下，看了一個遍，其次才看到余鶴鳴身上去。

他已經改穿了中國白綢長衫，漆黑的頭髮，搽滿了雪花膏的臉子，身上又灑了許多的香水，在電燈光下看來，自然也是個翩翩少年。他是含笑搶步向前向她一鞠躬道：「真是不敢當，這樣夜深，勞妳的大駕。請坐請坐！」說著，扶了她在沙發椅子上坐下。她身子坐下，眼光可是四處相射，便笑道：「你這房間，布置得很是雅緻，進出就是這一道房門嗎？」余鶴鳴笑道：「妳放心，這裡無論是幾道門，假使我不讓人進來的話，也沒有什麼人敢進來。」劍花笑著點點頭道：「那自然，你是這團隊裡一位領袖人物，又是大大的紅人，哪個敢違抗你的命令。」說著，她禁不住又站起身來，在屋子裡走著，做個賞鑑的樣子，壁上的圖畫，走近去對著看，桌上陳設的小玩意兒，拿到手中去顛顛，而且故意地對著他的床多注視了兩回。余鶴鳴笑道：「妳把我這房間，仔細地看了又看，妳覺得還可以安身嗎？」劍花點點頭道：「客邊有這樣的地方住，那就很好了。」余鶴鳴走近一步，握了她的手，依然同在一張沙發椅上坐下來。

劍花望了他道：「你叫了我來，就為了坐著閒談談嗎？」余鶴鳴用手在她手背上輕輕拍了兩下笑道：「別忙別忙！我預備了許多東西給妳吃呢。」說時，房門咚咚地響了幾下，余鶴鳴問道：「是老劉嗎？進來吧。」門一推，一個繫了白圍襟的廚師，用托盤托了許多碗碟，還有兩個大酒瓶子放在上面。余鶴鳴笑向托盤一指道：「要妳來，就是為的這個事。」老劉將托盤放在桌上，一樣一樣地撿了出來，劍花看時，一碟龍鬚菜和冷火腿，一碟蛋丁雜拌，一碟什錦冷凍子，一碟糟雞，全是清涼可口的東西。另外兩大盤子水果，兩個高腳玻璃杯。劍花笑道：「這菜很好，只是這個大玻璃杯子，喝什麼酒，我都受不了。」余鶴鳴笑道：「就憑妳說這菜很好四個字，也該對喝一杯。」他道著，拔開了瓶塞，就咕嘟咕嘟倒下兩大杯酒。劍花端了杯子起來，舉在鼻子尖上一嗅，將頭一偏，笑道：「好厲害，這是白蘭地，我可不能喝。」余鶴鳴道：「這樣夜深，就算是喝醉了，也無非是睡覺去，要什麼緊。」劍花道：「不是那樣說。一個人神志清明，喝得糊裡糊塗，不知天地高低，身體受了傷，幾多天也不能恢復原狀，那有什麼意思。」余鶴鳴笑道：「要那樣就好，妳不知道一醉解千愁嗎？」劍花道：「你天天過這樣快活的日子，還有什麼愁？」余鶴鳴笑道：「小姐們不會知道這些事的，妳也不必問，我們喝酒吧。」說著，舉起杯子來，向她笑著，等她對喝。劍花皺了眉笑道：「真對不住，我是點酒不嘗的人，你要我喝酒，那就是要我現醜。你真是放我不過，你就替我要瓶汽水來，我兌上一些酒喝就是了。」余鶴鳴搖搖頭笑道：「這倒真是對不住，我沒有預備汽水。」劍花道：「我記得我告訴過你，說我是點酒不嘗的，所以你今天晚上故意弄了許多酒來和我為難。我又一個對不住，我要先告辭了。」說著，她就站起身來。余鶴鳴放下酒杯，跳到房門口，兩手橫伸著，攔住了她的去路，笑道：「妳真是不能喝，我就不敢勉強，請妳隨便喝一點就是了。」劍花微側了身子站著，撅了嘴道：「我實在不能喝，喝醉了我怎麼回家？」余鶴鳴道：「若是說為了這個問題，那很好辦，讓我開車子親自送妳回去就是了。若是醉得連汽車都不能上，那也有辦法，我們就對坐著，清談一夜到大天亮。到了明日天亮，趁著好新鮮空氣，我步行送妳回去。清晨的涼風吹到臉上，路上的樹葉子，灑著隔宿的露水珠子，嗅到鼻子裡去，有一股子清香。」劍花笑道：「你不用說了，反正是你怎樣說怎樣有理由，總要我陪著你喝酒，是不是？好！我拼了醉吧。」說著，端起了杯子來，就抿了一口酒。余鶴鳴笑道：「對了，今朝有酒今朝醉，樂得快活一晚上。」於是扶著她在對面椅子上坐下，兩人舉杯對飲。這酒雖是有些辣口，可是吃點冷盤，心裡很痛快，二人帶談著話，不知不覺的，劍花喝了大半杯酒下去。

她那蘋果色的兩腮，通通紅的，更是像熟了的果子，放下了酒杯，用兩手按住了胸口道：「這是怎麼一回事，我心裡跳得厲害。」余鶴鳴在水果盤子裡取了一個梨，親身到掛在衣架上的西裝袋裡，拿了一把小刀子來，側著身子削梨皮。將一個梨削完了之後，回轉頭來看時，只見她伏在沙發椅子靠上，兩手正枕了額頭。余鶴鳴將手托了她的頭道：「妳醉了嗎？」劍花被他將頭托了起來，眼皮還是垂著的，勉強半開著眼，微張了嘴，並不言語。余鶴鳴笑道：「妳真不濟事，喝這一點酒，就醉成這個樣子。我這裡給妳削了個梨，妳吃一點下去，好不好？」劍花搖搖頭又伏在手臂上了。余鶴鳴將梨放在桌上，笑道：「我不料這位小姐是這樣貴重。既是醉了，坐在椅子上，也不是辦法，我來扶妳上床去睡吧。」說著就用兩手伸到劍花的肋下，要扶她上床去。劍花到了此時，總算上了他的鈞鉤，要如何擺脫，就看她的本領了。

第六回　啼笑苦高堂人去後　昏沉醉客舍夜闌時

第七回　魔窟歸來女郎獻捷　荒園逼去猾寇潛蹤

這時，劍花閉了眼睛，定了神，靜待變化之來。余鶴鳴是讓美色陶醉了，兩手抄上了劍花的腰間，正待把她抱起來。屋子裡的電話分機鈴，丁丁地響起來了。他只得丟下人不管，去接電話。問道：「哦！我知道了。我知道了。大家稍等一等，最遲在三十分鐘內，我一定到了。」說畢，掛上電話機，隨手在衣架上取了件長衫向身上披著，望了沉睡的劍花，很凝神地注視著，突然在書櫥子裡取出一把鑰匙，趕快就把房門向外帶著，劍花睡在睡榻上，聽得清清楚楚，那門中暗鎖，咔嚓一下響，這是余鶴鳴在外面鎖上房門了。她也並不理會，依然靜靜地躺著。約過了三分鐘，她悄悄地坐起來，緩步走到門邊，用耳朵貼著門，向外聽了聽，並不見得有點兒聲息。她突然改變了態度，用手在壁上先摸摸，又按按。隨著在書櫥子裡，桌子抽屜裡，如瘋狂一般，都翻看過了。抽屜的中間，有一支手槍，先取到手裡，扳開槍膛子，見裡面正上滿了子彈，於是將槍插在衣袋裡，繼續著掀開床上的被褥，和地板上的地毯。在沙發椅子邊，地毯發皺的所在，那地板正有四周裂縫，彷彿一種木蓋，嵌在地板當中。用腳使勁將地板跺上幾跺，果然那地板陷了下去，露出個大洞。

伸手到洞裡摸索著，摸出一隻小箱子來。那小箱子自然是關著鎖著的，她在桌上拿了一方尺大的硯臺，在箱蓋上拚命砸了幾十下，將箱蓋打破一個大口子，裡面便是些表冊檔案，用手掏出來看了兩件，都是十分緊要的。也來不及細細看了，將檔案依然放到破箱子裡去，伸頭到玻璃窗邊，向外張望著，是否可以出去。她正如此打算，卻聽到房門外有了腳步聲，似乎是有人要進來。她這一嚇，非同小可。趕忙著，一手拿了手槍，一手夾著那小箱子，便靜靜閃在那門角邊等候。果然門鎖咔嚓有聲，門向裡開。劍花心想余鶴鳴這人很有點力氣，若等他到了屋子裡，和他掙扎，那就晚了。身子閃在一旁，向房門看得清楚。等著一個人身子向裡擠進來，對著他背心，就是一槍。撲通一聲，那人擦門倒在地板上。劍花低頭看時，並不是余鶴鳴，乃是余鶴鳴的朋友歸有年。這雖便宜了余鶴鳴，自己將檔案拿到手，功成了一大半，也不暇計較人的問題，夾了箱子就向外面走去。他們這裡同居的戲子，在這樣夜深，多半睡了。那沒有睡的，也並不在家，已去做他們的祕密工作。所以劍花由裡向外跑，並不曾有人攔阻。到了大門口，自開了門閂，奔上了大街。

到大街上迎面碰到一位站崗的巡警，便對他道：「我是密探，破了一件案子，你趕快保護我到警察署裡去。」巡警聽說她是要到警察署裡去的，點頭道：「我知道了。」馬上就吹了警笛，在人家屋簷下，和巷子角落裡，立刻有七八名巡警走了來。那戲劇園裡的，有發覺劍花殺人奪門而出的，但是追上街來，就看到巡警擁護著她，哪裡敢追上前來。劍花捧了那個箱子，就很從容地和一群巡警到警署裡去了。她到了警察署裡，自是十二分的安全，大大方方地和偵探總部通了一個電話，那邊就派了一輛汽車全部接下去。

到了總部之後，劍花將檔案箱子交給司令。他隨便取出了一項檔案看時，便笑道：「有了充分的證據了，今天晚上，我們要得個人贓並獲的大成績了。姑娘，這是妳第一件大功勞。」說著，將兩手搓了幾搓，向著劍花微笑。劍花道：「只是有一件事可惜，那個姓余的，讓他跑了。」張司令用手摸了摸他的兜腮鬍子，搖搖頭笑道：「他跑不了的。我接著妳由戲園子打來的電話，我知道妳今天晚上有七分成功的把握，立刻派了十個探員，到戲館內外去幫助妳。妳到了他們寓所裡，我又和警署裡通了電話，在那前後埋伏五十名警士，幫助十個探員辦事。我這裡不斷地接著電話報告，知道余鶴鳴忽然走出來，鬼鬼祟祟，不坐汽車，只坐了一輛人力車。我們的探員，看了他這種樣子，當然是可疑，立刻就有四個人緊緊地跟了下去。剛才又接了電話，他是到東嶽廟後荒園子裡去了。無意中，又得著他們一個祕密之窟，我又調了一百名武裝警察前去包圍，這一下子，料他不能飛上天去。痛快痛快！」說著連連拍手。劍花道：「我也料著司令一定在暗中保護我的，所以我心裡很是坦然。我搶出了他們的大門，我就立刻跑到一位巡警身邊去，知道是可以安全回來的。」張司令笑道：「且不要太高興了。他們既然是在今晚這樣深夜會議，一定有什麼緊急舉動，我們在這些檔案中，找找看，也許可以找出什麼形跡來。」

如此說著，就把文卷拿出，一樣一樣地清理。劍花坐在旁邊一張椅子上，靜靜地旁觀，並不敢做聲。張司令在桌子上緩緩地展閱檔案，忽然一手按著一張電稿，一手將桌子大拍一聲道：「了不得，這件事要讓他們辦成功了，那就大事完了。」劍花站起身來問道：「什麼事？司令這樣驚慌。」張司令道：「他們有個記事，是關乎軍事的，我唸給妳聽。我軍若於二十八日透過夾石口，則下月三號，可以直逼省垣，我等工作，自須加緊。妳看，這豈不是他們有軍隊由夾石口偷襲省城？」劍花且不理會軍事情形如何，突然站起來道：「什麼？夾石口？」張司令道：「可不是？那正是沿海攻取省城一條捷徑。因為山路難走，我們料著他不敢由這裡冒險進攻，不料他居然由這裡來了。可惜這些密電稿子，不曾翻譯出來，不然，我們一定可以得著不少的證據。」他口裡說著話，手上還只管在清理檔案，忽然將三個指頭，連連拍了桌子道：「有了，有了，這可以證明上面那段記事是不錯的了。這裡有個電報，是翻譯出來的了。這文字是，夾石貨物，必可成，儉有佳音至。劉大往。這不是明明說著二十八日可以到夾石口嗎？劉大，是他們旅長田錦川的暗號，我們早已知道了的，這分明是說他們有一旅人奪我們的夾石口。這決計不是小事，我們應當把這件事情呈報省主席。今天二十五……」張司令很得意地說這一件事，以為他偵察出敵軍一件祕密事情來了。

眼睛先看著檔案說話，及至一抬頭，見劍花斜靠了椅子背坐著，臉上青一陣白一陣，便注視著道：「舒女士，妳怎麼臉上這樣的不好看，身上有什麼不舒服的地方嗎？」劍花挺了挺胸脯，微笑道：「不相干，我心裡有點新的感觸。」張司令道：「妳有什麼為難之處嗎？論功本來就應當獎賞妳，論私，我也可以幫妳的忙。」劍花道：「司令不能幫我的忙，也沒有法子幫忙。」張司令道：「哦！哦！涉及了愛情問題嗎？」說著他就哈哈地笑了。劍花道：「不是，那夾石口防守的軍隊很少，敵人來了，怎樣抵抗得住？」張司令一伸大拇指道：「妳是為了這個發愁嗎？妳念念不忘國家，好的。但是這個祕密被我們發現了，我們立刻可以調軍隊加到夾石口去，現在不算晚。」劍花皺了眉道：「他們這電報，是說二十八到，也許提前了日期，二十六七到，那些學生義勇軍，恐怕是不濟事。怎好？唉！怎好？」張司令見她兩手如搓麵粉一般，只管互相搓挪，分明是很急。因道：「妳對這事很清楚，而且也很掛心，那一支軍隊裡面有妳的熟人嗎？」劍花無聲吁了口氣，又點點頭。張司令笑道：「那麼，在那軍營裡的人，和妳是什麼關係？」劍花笑道：「自然是有關係。」張司令笑道：「大概是表兄。」劍花道：「司令怎麼猜是表兄呢？」張司令笑道：「我覺得這樣猜是最妥當了。說是親戚也好，說是朋友也好，總可以附會得上的。但是，妳也不必發愁。妳要知道上了前敵，就沒有什麼地方，可以不生危險。就以妳現在擔任的工作而論，什麼時候，都有遭人暗算的可能。論起妳的困難，還要在當兵的以上。夾石口雖是守兵不多，我們可以調兵前去增援，我馬上親去見省主席，把這事報告給他聽。」劍花道：「救兵如救火，那就求求司令，趕快去報告省主席吧。」張司令笑著點點頭，將那些檔案歸併到一隻大皮包裡，戴了帽子，正待要走，這時卻進來一個探員，向張司令舉手行禮。

張司令問道：「余鶴鳴捉到了嗎？」探員道：「他的同黨，捉到有十二個，但是並沒有他在內，大概是逃走了。」張司令輕輕一拍桌子道：「若把這個人逃走了，將來也許我們還有上他大當的時候，這個人手段很毒辣，我是知道的。」探員道：「這樣夜深，城門沒有開，我們現在叫四城都嚴厲把守，料著他跑不了。」張司令道：「不是叫你們緊緊地跟著他的嗎？怎麼會把他放走了的呢？」探員道：「當他由寓所裡走出來的時候，我們就有四個人跟著他到了東嶽廟後荒園子裡去。那裡一片深草，還有許多小樹，人在深草和小樹裡鑽著，路也沒有，只是瞎碰，在一堆亂太湖石後面，有幾間矮瓦屋。那屋子裡微微地閃出一線燈光來，似乎這班黨徒，就藏在那裡面。我們幾個人，慢慢地走到石頭邊，藏在深草裡，向那屋子附近，慢慢地走過去。那個地方，很是冷靜的。我們蹲了許久，就聽到那屋子裡，發出一種喁喁說話的聲音來。於是我們就派了一個人回來報告，我們依然在那裡候著。後來我們這裡去了一百名警察，響動未免重一點。他們這班人，也有眼線在外，這一來，那屋子裡燈光，先就吹滅了。我們這裡的警察，慢慢地逼上前去，看看要把那矮屋子包圍上，他們倒是先下手為強，立刻對著我們警隊，亂開著手槍，就衝了過來。我們這裡，也是早有防備的，立刻就向他們回槍。大家在黑暗裡開了一陣槍，都不敢上前。他們所帶的子彈，究竟是有限，打過了兩小時，他們的子彈都放光了，我們怕時候持久了有變，只得冒著險，一步一步地向前進逼。因為四圍都是我們的人，他逃脫不掉，就一齊退到屋子裡去。我們就喊著說，你們心裡要放明白些，你們的後援斷了，我們打著打著，還只管有人來，若是你們現在不出來，我們就抬了機關槍對著破屋子亂轟，你們就一個人也跑不了。你們現在想想，還是願意立刻死，還是願意另求一條生路呢？我們就是這樣喊著，後來他們料著是跑不了，就大聲答應著，他們可以投降，請我們不要開槍。我們口裡答應著，端了槍就衝到屋子邊去。先讓他們在屋子裡亮了燈，然後大家一路衝進去。到了屋子裡看時，連受傷的還有十二個人，屋子外面草地裡，打死了四個。可是我們檢點全數，就是短了他們的首領余鶴鳴。我們追問他余鶴鳴在哪裡，他說剛才確是在這裡開會。可是這屋子裡有個地洞，可以通到這屋子外面去，可以由枯樹根下鑽了出去。他們本也要由地洞裡鑽出去，但是等他們要走的時候，枯樹根下，也讓我們包圍了，他們已經來不及。我們聽了這話，立刻由屋子裡下洞去搜查，果然是個可以行人的道地，鑽出地洞來，有一棵大枯樹。枯樹枝子，正搭在牆頭上，若由枯樹枝爬到牆頭上去，正好逃走，大概余鶴鳴就是由這裡逃走的了。我們大家都不肯放手，又在東嶽廟後，四圍追尋了一陣子，但是他究竟沒有露一點影子，我們沒有法子去追他。」

張司令用手摸了下巴上的長鬍子梢，點點頭道：「我說了不是？這個傢伙，厲害得很，在這樣緊緊包圍的當中，他都逃走了，平常他有多麼狡猾，就可想而知了。雖然，他究竟這回敗在我們女將軍手上了。」說時，眼睛向著劍花微笑。劍花站起來道：「雖然我這回僥倖成功，那還是靠了張司令的指揮。不是司令指揮，我的力量有限，怎樣可以籠絡住他？」張司令笑道：「我好比是個導演的，妳好比是個演員，假使沒有好演員，我就賣盡氣力，也演不出好戲來的。哎呀，我要走了，不說閒話了，舒女士心裡頭，大概也巴不得我一步就走到省主席面前去哩。」劍花自從在這裡服務以來，向來都看到張司令是一副儼然可畏的樣子，今天這樣有說有笑，實在是難得，這一定是自己的功勞太大，樂得他情不自禁，這樣假以辭色的了。如此想著，臉上自然有些得色，不覺笑吟吟地對他道：「我總算沒有負你的栽培吧？」張司令似乎也看出她那種得意的情形來了，便將顏色一正道：「話雖如此，妳要知道我們做偵探工作的，是講個膽大如虎，心小如鼠，成功是成功了，千萬不可得意。妳這回成了功，傷了敵人的心，他對妳，對我們總部，說不定要取一種什麼報復的手段。害怕還來不及，哪裡可以喜歡起來呢？」他越說臉上越莊重，停了一停，又道：「舒女士，妳要知道失敗是成功之母，成功也是失敗之母啊！」這一番話，說得劍花毛骨悚然，站著連連點頭說是。張司令看了她這樣子，又怕她難為情，笑道：「但是，妳是一個很聰明的人，這話也不用我說，我不過讓妳再加小心就是了。妳累了，可以休息一會兒再回家去。天大亮了，我也要趕快去見主席呢。」說畢，一笑而去。

第七回　魔窟歸來女郎獻捷　荒園逼去猾寇潛蹤

第八回　兄弟相逢揚聲把臂　手足並用決死登山

第八回　兄弟相逢揚聲把臂　手足並用決死登山

上次書交代到張司令向主席報告，海盜要偷襲夾石口。主席得了這個報告，當然有一番布置。這夾石口如此重要，究竟是什麼情形呢？原來這地方，是在一道大山中，閃出一條人行路來。在人行路的左邊，山向後閃著，有個大谷，靠了半邊山，築了個城堡，城堡後面，一道流泉，由山上潺潺而下。一條山溝，直通到堡裡，正好供給守堡軍隊之用。當年堡壘築在這邊，當然就為的是這一脈流水，便於駐軍。但是對面山那邊，卻是一個很陡的山峰，在那山上，正可以俯瞰這個城堡。所以守這個城堡的軍隊，必定要把守那個山峰。當劍花發現了余鶴鳴的陰謀而後，華國雄那支義勇軍，由火車運輸，兼程前進，次日早上，就安抵了夾石口。他們這支軍隊的領袖，是趙英營長，曾由陸軍大學畢業，是個有學識的軍人。他到了夾石堡而後，並不曾休息，立刻就在堡上巡視一週，看看堡外的形勢。

他就對著同事熊營副說，這個地方太要緊了，衝出去二十里，便是鐵道，設若敵人挺進到這裡，鐵路有中斷之虞，總部把這裡當個不要緊的地方，把一支新成立的義勇軍開到這裡來，這是一個很大的錯誤，我要趕快打電報去報告。我相信我們這支軍隊所負的責任不小。熊營副點頭說：「營長說得不錯，不過我所感到的，這緊要的地方，又有個緊要之點。」說時，向對過山峰一指道：「這個地方，我們要派人去保守著，以做犄角之勢。」趙營長點頭笑道：「我把這句話放在肚子裡，正想考考大家，誰能有那個眼力呢。你且不做聲，華連長來了，看他知道不知道？」說著話時，華國雄也走到城堡上來。四周看看，不覺失聲讚道：「這是一個好地方，哎呀……但是對面這座山頭，緊對了這個城堡，非常之危險。」趙營長大笑，將手拍了兩拍他的肩膀道：「你是個好樣的，我們算沒有錯看了你了。我們在這裡討論著，正留著這個問題等你來答覆呢，不料你來，就把這個啞謎揭破了。哈哈！你很不錯。」國雄聽營長這樣誇獎他，自是高興，便道：「既然我們都知道這地方很重要的，我們就該趕快去把守。」

趙營長望了他一會，正待有一句話要說，熊營副用手向來的大路上一指道：「看，這裡來了一批人。」趙營長將掛在身上的望遠鏡取了下來，兩手捧了向四處張望著，笑道：「我正嫌人不夠，可巧那批學生軍趕到了，這多少可幫我們一點忙。」吩咐把堡門大開，讓他們開到操場上散隊。熊營副下堡去了，趙營長和國雄，依然在城上眺望。那支學生隊，望了這堡上的國旗，臨風飄蕩，靜穆中現出莊嚴來，大家也似乎感到別一種精神，走得更是起勁，不多大一會兒工夫，就到了堡門口，堡門大開，他們穿門而入，在堡中間一個操場上立定。趙營長正了正軍衣，先迎下城去了。國雄不過是個連長，在軍營裡要守著軍紀，當然不敢亂動，只在城上遠遠望著。看看那學生隊，有一百多人，都是服裝整齊，精神抖擻，二十上下年紀的學生，自然是大家的好助手。心裡便如此想著，假使中國全境這二百多萬兵，都是這個樣子的人，何愁打不倒敵人。

這一批青年兵，都是學生裡面，自己跳起來，願意執戈衛國的，當然都是些最好的人，自己也是個學生，應當先睹為快地前去看看。於是一步一步，緩緩地走到操場上來。這時，學生隊隊長正喊著散隊，學生兵是一窩蜂似的，大家散了開來。迎面一個學生兵，離著有十幾丈路，突然呆著站住，手向上一揚，他口裡有句話，還不曾說出來，國雄哎呀了一聲，也揚著手喊道：「那不是國威，那不是國威嗎？」二人各說著話，各跑了向前，走到一處，彼此握手跳了起來。國雄笑道：「真妙極了。我回家去辭行的時候，看到你那封信，知道你投軍了，我高興得了不得，可是我心裡又有些難受，弟兄如此一別，也不知能會到面不能？不料你居然是開到夾石口的補充隊的一分子，我高興極了！」國威道：「我本來想寫信告訴你，但是我怕你得了這個訊息，有些替家裡雙親著急，所以我索性瞞著你。偏是在這裡會著面，多麼有趣。只是一層，我們學生軍駐在一處，你們義勇軍又駐在一處，恐怕不能時常會面呢？」國雄笑道：「人心別不知足了。我們能夠在前線會面，就是極難得的事了，還要怎麼樣呢？」國威道：「對了，我們不要再嫌不滿足了。哥哥，你看看這個地方怎樣？我看是十分險要的口子了。聽說由這裡往前，都是山套山，山疊山的小路，一直通到海邊上去。除了海盜不來，到了這裡，我們有人由後面包抄起來，他們是退不回去的。我看他們不會那樣傻，這裡是不會來的。那麼，我們駐紮在這裡，一定是什麼事也沒有，只當是在山上避暑了些時候，豈不也是一樂？」國雄昂著頭想了想，有一句話待要說，又忍回去了，只笑道：「你完全是小孩子脾氣。」

到了這個時候，義勇軍方面吹號站隊，兄弟就散開了。那些學生兵，雖不如國威，在前線遇到了哥哥，有那樣快活，但是他們都是生長在城市的，忽然看到這種山林區險的景緻，大家都高興得了不得，紛紛上城遊覽。那趙營長初到此地，雖然知道這裡有小山路，通著海邊，然而並看不出馬上有危險來，所以也並不在這頃刻的工夫，在堡中有什麼布置。然而到了兩個鐘頭以後，情形就不同了。他們這堡中原設有短波無線電臺，這時收到了一通無線密碼電報，譯了出來，原文如下：

限即刻到，夾石口營長趙鑑：敵以一旅之眾，將於儉日由山路襲夾石口。進襲定中縣，此地為後方鎖鑰，萬不可放棄。總座已飛調馬旅星夜赴援。在收到此電四十八小時以內，須死守城堡，違即以抗令論，切切！參謀處感辰印。

這個電報，讓趙營長由頭至尾看了一遍，不由他不吃一大驚，他趕快伏到桌上，將軍用地圖展開了細細看著，回頭看到一個隨從兵，就向他道：「傳華連長進來。」一會工夫，華國雄走進營房來，老遠地站定，向營長舉手行了個禮。趙營長也站立起來，向他道：「華連長，我知道你是個精明強幹的人，你很能主持一點事情。現在我接到命令，敵人要由這裡進襲定中縣，總部命令我們死守四十八小時，四十八小時以內，援軍準到。我們負著管領全省鎖鑰的責任，就是死，也死在這夾石堡裡。不過要守這個堡，對面那個山頭，非守住不可，我派你帶一連人去守著。」華國雄舉手行禮，說了一聲「是」，然後退了出來。於是趙營長立刻下了警備命令，調一連人上城守望，其餘的在操場上集合聽候命令。華國雄所率的一連人，得著連長的口令，另站在操場的一角，靠近堡門的出路。趙營長站在隊伍前，向大家檢視了一番，點點頭。於是走到學生軍的隊伍前，站定了，注視著大家道：「弟兄們，總部要我們死守這夾石口四十八小時，這是我們報效國家的時候到了。我們要知道責任更重大，我們所得的榮譽也更大，我們正好盡我們的力量，烈烈轟轟，大幹一場。我們守著城堡，固然是件很重大的事情，這堡對面那個山頭，又是守城堡的一件大功勞。現在由華連長帶一連人上去駐防，照說力量是夠了。不過我為慎重起見，還要調十名學生軍，隨著這一連人去守山頂，諸位有願去的，走出隊來。」他說畢，依然注視著隊伍，看大家的行動。這學生隊裡的人，聽了這個訊息，果然就陸陸續續走出十二個人來，趙營長搖手道：「多了多了。」說話時，注視著第一個走出來的人，笑道：「你的相貌，很有些像華連長，你叫什麼名字？」他答道：「我叫華國威。」趙營長笑道：「這樣說，你們是兄弟二人了。難得難得！」他們兄弟對望著，都微微地笑了。

趙營長當時吩咐著這十二個學生，跟在那一連人之後。國雄喊著口令，就率隊走出城堡去。然而他們只走到半路上，已發現那山頂上，撐出半彎月亮旗，這正是海盜的旗幟，他大吃一驚，不料人家先下一著子，已經暗中搶上了山頭，立刻大喊一聲散開。這一連人，步履嘩啦一陣響，向著對山，成了散兵線。噗的一聲，也不知是哪方面先開了火，於是這些兵士臥倒在地，向山上放槍，山上的海盜，人數也不見多，但是他們有三架機關槍，對著這山下的軍隊，不斷地掃射，令人無前進的可能。同時這大路另一邊的大批海盜，向城堡裡開著山炮和小鋼炮，掩護步隊進攻，堡裡的軍隊，一齊登城應戰，立刻響聲大作，煙霧瀰漫。一營人當然也只夠守堡的，決計不能出來增援搶山頭的義勇軍。國雄心裡想著堡門已閉，決計是不容後退的，這山頭無論如何難上，也要設法攻上去。不然，縱然退到堡裡去了，他們在山頭上向堡裡作遠距離的射擊，也是難守。如此想著，橫了心，大聲喊道：「弟兄們，趁他們山上人不多，搶上去，搶上去。」於是大家齊齊地叫了一聲殺，跳躍著搶上了半截山坡。但是海盜的機關槍由高臨下，對著上前的人，緊緊掃射，衝上的人，已傷亡了一大半。沒有傷亡的，將身子藏在石頭和樹兒下，也是喘息不定。看到那山頂，還有二百多米，若在平地，一個衝鋒就衝過去了。

然而這是由山下仰攻山上，那機關槍對著進攻者全個身體，看得清清楚楚，若要上去，準要再死傷大半，若再死傷一半，力量薄弱，這座山頭，就不好搶了。國雄如此想著，在半山坡上，隨了大眾臥倒，只是蛇行著慢慢地向上挨。然而山頭上的機關槍，正對著正面山坡，只要有一點風吹草動，就掃射起來。在這種情形之下，中國軍隊，如何攻得上去？國雄臥倒了許久，回頭看看攻擊城堡的海盜，依然是很激烈，這個山頭若不搶過來，這城堡一定是很危險的。於是在身上掏出日記簿子，撕了一頁下來，放在上面寫著道：「在地圖上，我知道這山後有一方陡壁，我決定由陡壁爬上去，搶他們的機槍，弟兄有願和我去的，一齊倒爬到山腳大松樹下集合。連長華國雄。」寫完了，又重新寫一張，於是將一張交給左手的兵士，將一張交給右手的兵士，對他們說，看完了，再遞給下手的人，一直遞到最後一個。吩咐已畢，他自己首先倒退到大松樹下去，不多大一會兒工夫，就有九個人來到，國威也在裡面。國雄看到，高興得很，就伸著手，和這些人握手。最後和國威握手，搖撼著道：「搶山頭已經夠危險，爬石壁上山頭，這是危險中之更有一層危險了。兄弟！我們的性命，都交給國家了。只要我們十個人，有一部分搶到山頭上，死不算什麼。若是我死了，你留著，回家之後，你替我侍奉父母。」國威道：「哥哥你怎麼說這樣短氣的話，我們絕不死，我們要賺著硬氣打倒我們的仇人。雖然爬上石壁，是一件困難的事，但是我們精神貫注著，什麼困難，都可以打通，我們幹。」說著輕輕一喊，舉起右手來。那八個兵士，也共同笑著，各舉了右手。國雄點頭道：「好！我們幹。」於是他率領九個人在深草和石縫裡，爬到山後去。他們都把步槍背在身上，各人將掛在身上的手榴彈，預備妥當，齊站石壁下定了定神。那山頭上的海盜，因正面進攻的軍隊，陸陸續續地，只管向上放著槍，他們全副精神，都注意在前面，山後這樣的陡壁，卻以為是萬全的天險，華兵絕不能去的，所以並沒有留意。山下國雄一行人，聽到山上的機關槍正向前面開，大家微笑著點了點頭，各人就手足並用的，由石壁上爬了上去。

這石壁雖不是像牆壁一樣的豎立，然而一個人想如平常登山俯著身子上去，萬不可能，必須手抓著前面的樹根草莖，後面由腳尖撐著土，方可慢慢上前。這個陡壁有四五十丈高，平常要爬了上去，氣力也有些不可能。現時在機關槍後面，一點聲息不能有，而且非快快不可，所以十分的困難。所幸者，就是這個時候，乃是盛夏，草都長得很長，大家在草裡爬著，山上人不會看到。大家悄悄地就這樣步步前進。可是有些光石板殼子的所在，並不曾長著草，手無東西可抓，腳尖撐著光石板，又不能吃力，爬到三分之二的地方，大家氣力用盡，陸陸續續，就滾下去五個人。好容易到了山尖下，這裡可成了陡壁，人要站著身體，如登梯子一般地上去了。五個人站在壁下，抬頭看時，到頂還有三四丈高，山頂上敵人說話，都清清楚楚。大家喘著氣彼此望著。國雄勉強止著喘氣，用腳一頓，瞪了眼，將手連連舉了幾下。那意思就是說拼了命上去。於是他一人在先，手攀了石壁上的垂藤，連跳帶爬上緣著。其餘四個人，便咬了牙也跟著上去。然而這地方太沒有立足的所在了，爬到一丈多高，又落下一個人，連華氏弟兄和其他兩個兵士，共計四人了。

第八回　兄弟相逢揚聲把臂　手足並用決死登山

第九回　不測風雲忘危殺賊　無上榮譽受獎還鄉

這個時候，情形已是緊張到二十四分，國雄國威只要有一分鐘的猶豫，山頂上的匪人，跑了過來，只要將刺刀扎上兩下，就可以把山崖上的人，完全打了下去。他弟兄二人更知道這情形逼迫，雖然接連落下去幾個人，看也不回頭看去，連手和腳，很快地爬上山來。眼前一群匪軍，正扶了機關槍對著山下噗噗亂發，國雄大喊一聲，提起手榴彈，拔去保險機，向開機關槍的匪兵擲了過去。國威跟著兄長，也接連地拋過手榴彈去。頓時黑煙和塵土四處亂飛，機關槍聲，立刻停止。華氏兄弟，當然是不能稍微停頓的，各拿了手槍，向煙土叢中蠕蠕而動的黑影，緊緊地開著手槍。山下面的華軍，看到山上的情形，料是暗襲的軍隊得了手，齊齊喊了一聲殺，一個衝鋒，大家就衝上了山頭。這裡守山頭的一批匪軍，也不知後方有多少人衝上山來，出其不意的，經手榴彈一番轟炸，早是手足無措，加之山坡上的華軍衝鋒上來，也不知道向哪方面迎敵的是好，只得由斜坡方面退了下去。不到十分鐘的工夫，就把山頭搶了過來。正是時機湊巧，那大道上的匪軍，以為山頭上有同夥占據著，牽制了堡外的一支華軍，就向堡城大隊進攻。

這時，堡上的守城華軍，已經看到本軍占領了山頭，不必顧全右方，就全力向來軍迎敵。攻城的工作，本來不是容易的事，而且在兩峰夾峙之間，中間只一條道，進攻的軍隊，恰是展放不開，拉了一字長形的散兵線向前進攻過去。山上的華軍，看得很清楚，就把奪過來的機關槍，向了那長形密集的地方，同時掃射。除了炸毀了一架機關槍外，加上原來的機關槍，共是四挺，有四挺機關槍在敵人後方猛射，當然是很有威力的，那進攻的匪軍，反受了兩面的夾攻，如何站得住陣腳，自然是退了下去，直退到離山頂夠三千米方才止住了。匪軍突然受了夾攻退去，以為是中了伏兵之計，就隱伏在深草和土堆裡，同時，挖著臨時戰壕，以避免華軍的反攻。華軍方面，一時也不知道匪軍的真相，而且子彈有限，不敢徒然耗費，沉默住了，並不反攻。剛才滿山滿谷，子彈橫飛，黑煙四散，到了現在，卻是煙消聲歇，山縫裡透下來的一片陽光，依然照著山縫下的草木，青翠如舊。一切的聲音，都已停止，只有那草頭上和樹葉上的風過聲，瑟瑟作響，打破了這山中的沉寂。可是表面如此，內容就緊張極了。這面時時刻刻偵察匪軍的行動，那面也到處偵察駐軍的實力。經過三四小時的支持局面，匪軍已經知道華軍不多。

尤其是搶著山頭的華軍，不過是極少數一支兵，這在他們驚疑敗退之後，很是後悔。但極力忍耐著，到了山谷中沒有了太陽，兩山之間陰沉沉的，匪軍就分著兩路向華軍進攻，一路是進攻夾石堡，一路進攻堡對面的山峰。那種來勢很猛，奪山頭的差不多有一營人，大大地展著散兵線，向山腳逼了過去。那山上向下看，本是清楚的，加之華軍早有死守的決心，緊緊對著進攻的路線，用機關槍掃射。匪軍是無故侵略土地而來的，比華軍殺身成仁的勇氣，差下去遠了，所以這邊猛烈的抵抗，他們就不能前進。只是步槍與機槍，不斷地圍著山頭施放。在他們這樣的猛撲山頭，山頭上的華軍，自然也用全力抵禦，不能再分出力量去射擊，攻城堡匪軍的後路。於是擊城堡的匪軍，遙遙地將堡門封鎖了。山夾縫裡陽光既少，天色便如黑夜，放出來的子彈，在槍口上已經冒著火光，漫漫的長空裡的子彈，帶著一條條的火線，夜色更深沉了。從此山上山下，彼此都看不到人影，只有山上的火線向下飛，山下的火線向上飛。城堡之外，比這邊更熱鬧，槍炮之聲，夾著山谷裡的迴響，聲震天地。好在這山上的守軍銳氣很盛，山底下的匪軍攻了一晚，到天亮的時候，又退去了。

不過在山夾口外，許多大小石塊下，架了幾架機關槍，不時向堡門射去，切斷了堡中和堡上的聯繫，堡中想向山上增援，卻是不可能的。到了白天，雙方依然沉寂停戰，天色黑了，匪軍又開始進攻起來。戰到了半夜，滿山縫的星光，隱藏不見，樹木一陣呼呼作響，忽然一陣大雨，蓋頭淋將下來。山下的匪軍人多，以為這是個好機會，就趁勢向上衝鋒。大雨之後，山水向下流去，草皮泥土，都是滑的，山上的華軍，沉著應戰，只等他們目標顯然的時候，就是一槍，衝鋒上來的人，一個也逃不下去。不過他們幾次衝鋒，華軍死力抵抗，風吹雨打，子彈撲擊，死傷也不少，戰到天明，只有十八個人了。今天匪軍攻擊，和昨日不同，也是拼了死命來的，雖然天色已明，他們知道守軍更少，越是要用人命來拚奪這個山頭，前面死了一批人，又調一批人到前線來增援。在匪軍這樣激烈攻擊的時候，連城堡裡的趙營長也感到極大的危險，就和熊營副一處，閃在堡上城堆子後，向山頭上打量。

趙營長看了許久，皺著眉道：「堡門外的大路，被敵人火力封鎖著，弟兄們是出去不了的。在山上的弟兄們，有一天一夜，沒吃沒喝的送去，天氣又是這樣壞，他們怎麼支持得了呢？要命！」熊營副道：「敵人一步緊似一步地來幹，現在就覺得應付困難。若是山頭又失守了，我們更不好辦。那個山頭千萬放鬆不得。」趙營長道：「我也是這樣說。和他打旗語吧，叫他們死守這個山頭。總部約我們死守四十八個鐘頭，現在已經守了三十六個鐘頭了，無論如何，我們要掙扎過去。」於是熊營副就傳了兩個旗手上來，讓他們藏在城堆子後面，向那方面打旗語。趙營長寫了兩個字條，交給旗手，上面寫的是：「務須堅守待援，趙。」一個旗手，照字翻號碼，口裡報著數目；一個旗手，照數字在牆頭上層弄著兩面旗子，向山頭上報告過去。那邊的國雄，看到這方面的旗子招動，立刻拿了兩面旗子，照著這面的旗子，同樣指揮，口裡報著數目，讓同行的兵士，在日記本子上寫下，一面讓人翻譯。譯完了，自己告訴兵士，將「決死守，士氣甚旺」七個字翻成號碼，向他報告，他就向城堡守軍回覆過去。

他們這樣打旗語，匪軍當然是看得很清楚，便以兩邊旗子招展的所在做目的地，子彈集中，射擊過來。尤其是對山頭上，以為是向堡中報告什麼祕密，拚命地向國雄附近射擊。國雄人藏在一塊石頭後，兩手只管伸了出來揮著旗子。那子彈在石頭前後，紛紛亂落，而且打在石頭上，火星亂濺，石屑子直撲到國雄的臉上來。國雄一切不管，將旗語打完，把旗子向石縫裡一插，跑到一挺機關槍邊，和國威二人移下去十幾丈路，正對著射擊的敵人，噗噗噗掃射過去。原來這個時候，他們這十幾個弟兄又陸續地傷亡，只能兩個人管領一挺機關槍了。山上越是人少，越不能讓敵人知道虛實，所以對著山下，更是極力地發揚威力，四挺機關槍一架也不停止一息。偏是天不與人方便，在這十幾個熱血男兒拚命抗敵的時候，雨更下得如竹編簾子一般，大風一卷，嘩啦作響，山搖地動，著實怕人，加之人已經作戰一晝兩夜了，精神也十分疲倦，所以在大雨中掙扎之下，慢慢地把機關槍聲減少，山下的匪軍，有了這樣的情勢，也是不肯放鬆，一次兩次的，只管向山頭上衝將上來。

國雄兄弟的機關槍排列最前面，自然是緊對著山下施放。弟兄二人只管靜伏在泥草裡，那泥草上的流水，順著人身上的衣服，向下面流去，滿身都是泥漿。國威手扶了機槍，不免將頭垂了下去。國雄喊道：「國威國威！抬起頭來，有一口氣，也不許倒下去。」國威咬著牙，對了山下，又噗噗噗地開著槍。但是在這個時候，其餘的三挺機關槍，已陸續停止了響聲，不知道他們是子彈用盡了？也不知道他們是受傷或陣亡了？在這樣天氣之下，恐怕是不能讓弟兄們再支持了。國雄就大聲喊道：「弟兄們開槍，援軍快到了，殺呀。」因又對國威道：「在四十八小時的限期以內，我們死也要掙扎過去。」國威手扶了機槍，又放了一陣，然而實在是疲倦了，頭垂下來，浸到水草裡去，半邊臉都是水泥染著。國雄搖撼著他的身體道：「兄弟，你必得打起精神來幹。這個山頭，就是我弟兄兩人的責任，你若懈怠起來，不是讓我一個人來負責嗎？幹！死都不怕，還知道什麼疲倦。現在到限期只有五分鐘了。五分鐘以內，不能讓敵人衝上這個山頭。五分鐘以外，支持一分鐘，就是一分鐘，萬一支持不了，我弟兄兩個最後一滴熱血，就灑在這山上。這是最後的五分鐘，我們幹！幹！」國威猛然抬起頭來說：「好！幹！」於是弟兄二人緊對山下的匪軍，一陣陣又掃射起來。匪軍絕料不到山上只有兩個華兵，山上大水下流，更是油滑不能衝上，也只極好力地掙扎著，不放鬆而已。只相持到十分鐘的光景，山下喊聲大起，援軍由後面趕過來了。匪軍經過兩晝夜的鏖戰，自然也有些疲倦，突然讓生力軍一衝，便有些抵抗不住，紛紛後退。國雄跳了起來，兩手一拍道：「好了！好了！大功告成了。」只在他這樣一跳的時候，腳下站立不住，向山上倒將下來，人就昏暈過去了。

及至醒來，睜眼看時，大雨大風聲，槍聲炮聲，都沒有了，自己已是睡在城堡中的病房裡頭了。這病房有二三十架行軍床，各躺著受傷的兵士，他最近的一張床上，躺的是他兄弟國威。當他醒來之時，國威已經甦醒許久了。他看到哥哥醒過來，首先微笑。國雄道：「怎麼著，我們掛綵了嗎？」國威道：「沒有！我們是疲勞過分了。軍醫吩咐讓我們都休息休息。」國雄道：「敵人怎麼樣了？」國威道：「他們敗了。我們的援軍有一旅人，已經追了過去，非把他們殲滅了不回來。大概他們要全軍覆沒的。」國雄將蓋的軍用毯子一掀，跳了起來道：「什麼？他們全軍覆沒了。」光了雙腳，在地上一頓亂跳。軍醫跑了過來，將他按到床上，問道：「華連長，你可知道這是病室裡，不許擾亂秩序的。」國雄道：「但是我沒有病，你讓我睡在病室裡做什麼？」軍醫道：「你的精神剛剛恢復過來，還應當休息一會子。」國雄瞪了眼道：「你這就不對。你也是個軍人，應該勸軍人偷懶的嗎？」軍醫笑了，便道：「好吧，你出去。」國威跟著跳下床來道：「我也沒病。」軍醫笑道：「你也出去。」於是穿上乾淨的衣服，都出了病室，歸隊去了。到了次日，清晨的太陽，由山頂上照將下來，新雨之後，滿山皆綠，陽光一照，那新綠更是好看。操場上的早操，已經完畢，站隊還不曾散，趙營長熊營副穿了整齊的軍服，在隊伍面前站定。

趙營長向眾人注視著，從容道地：「弟兄們，這次夾石口的戰事，幸得各位一片熱血，死守了四十八小時，把敵人打退，這是我們全軍引為一件榮譽的事情，總部已經來了電報，獎勵我們，各法團也有許多電報來感謝我們，我們總算對得起軍人兩個字。不過海盜原是十分狡詐的，不定什麼時候再來侵犯我們，我們還要謀長期的抵抗。我們已經得了全國同胞的信仰，總部的獎勵，在長期抵抗的時候，我們更二十四分的勇敢，二十四分的慎重，保持著我們的榮譽。總部的犒賞，一兩天內，就要下來。唯有華國雄連長，和學生軍上士華國威，把守對面山頭，功勞太大，總部已經來了電報，給予他們一等榮譽獎章。現在，由我親自和他們佩戴起來。」說著，便叫了一聲華國雄。國雄在隊伍前走出來，和趙營長舉手立正。

趙營長在熊營副手上，取過一面銀質獎章，親自掛在他胸襟上，舉著手行禮，讓他退去。對國威，也是照樣的辦理。趙營長大聲道：「你們看，天氣這樣好，大家精神也非常的興奮，我來引導你們喊幾聲口號。」便喊道：「中華民國萬歲，愛國義勇軍萬歲，華氏弟兄萬歲！」大家喊著，聲震山谷，就在這時散隊了。散隊之後，趙營長在營房裡，把華氏弟兄叫進來，學生軍的隊長，也坐在一處。趙營長笑道：「你看看，今天你們弟兄所得的榮譽，有多麼偉大，精神上的安慰，也就不必說，這比吃酒打牌，以及談愛情，卻高尚多了吧！現在，我給予你們兩個星期的假，讓你們回家去看看父母……或者二位的情人。」學生隊隊長笑道：「營長剛才說了，談愛情不大高尚，何以又讓二位去談愛情。」趙營長笑道：「出發以前的軍人，戰勝回來的軍人，我想愛情也是需要的。不過不要為了愛情忘了愛國就是了。我還沒有了我的責任，將來……也許……」於是都微笑了。趙營長道：「天氣很好，你二人馬上就可以走。」華氏兄弟，就舉手行禮告退。正在前線鏖戰之後，忽然得了官假回家一次，這是軍人最快活不過的事了。二人匆匆忙忙，收拾了兩個小包裹，就走出夾石口來。那人行大路上，經雨洗過一次，清潔極了，一絲飛塵沒有。路邊的山澗，流水潺潺作響，在深草裡時現時沒。山坡上的綠草叢中，許多不知名的野花，也有紫的，也有黃的，也有白的，都開得十分爛漫，好像對這一對健兒，含笑歡迎著。弟兄二人馳步騁懷，一路唱著軍歌，向火車站而去。趙營長在城堡上望了他弟兄二人並排開步而行，直繞過了山彎子，還有歌聲傳過來，那歌聲是：好男兒，把山河重擔一肩挑。趙營長點點頭，自言自語道地：「養兒子不應該都像這一樣嗎？」

第九回　不測風雲忘危殺賊　無上榮譽受獎還鄉

第十回　復國家仇忍心而去　為英雄壽酌酒以迎

華氏兄弟唱著軍歌，走上大道，好不快活，一路之上，國威不斷地發著微笑。國雄原來是不大注意，等他笑了多次，才問道：「你這不是平常的笑，你究竟笑些什麼？」國威道：「我想我們臨走的時候，趙營長和我們說的話，很有些趣味。」國雄道：「可不是嗎？他說我們回去看情人，恰好我們都是沒有情人的。」國威道：「你怎麼會沒有情人，舒女士不是你的情人嗎？」國雄聽了這話，立刻把臉色變了下來，一擺頭道：「什麼？她是我的情人，我已經把戒指交還給她了。從此以後，我不但是恨她，我還要厭惡天下一切女子。女子不但侮弄男子，而且是陷害男子的，我們現在不必攻擊中國人多妻制度，我們應當攻擊中國女子在那裡建設多夫制度。」國威笑道：「你不應該因為一個人生氣，對全國女性就下總攻擊。別人聽了這話，不要說你侮辱女性過分點嗎？」國雄道：「你想呀。像劍花這種女子，總是知識高人一等的。結果，她會背著未婚夫，愛上了個戲子，而且這戲子是走江湖的，很有些來歷不明呢。我們是愛國軍人，有這樣的女子做內助，豈不是自己毀自己的名譽。我不但不願見她，她的名字，我都不願聽，我怕髒了我的耳朵呢。」國威笑道：「呵呀！你和她感情那樣好的人，忽然破裂起來，就鬧得如此不可收拾。」國雄道：「那可不是。無論什麼人，不要讓我太傷心了。我生平有兩種仇人不放過他，一種是國仇，一種是情仇，那個姓余的，他在我手上把舒劍花奪了去，等戰事平定之後，我要和他比一比手段。」國威笑道：「這是我的不對了，我們走得很高興，偏是我說這些話，引起了你的不快。不要生氣了，我們來唱一段軍歌吧。」國雄默然地在大路上走著，路中間那零碎石塊子，他提起腳來，就把一塊小石頭，踢到幾丈遠的地方去。他忽然道：「我若是有機會和劍花會面，我必定要用話來俏皮她幾句。」國威道：「那又何必？我覺得我們現在除了國難而外，不應該去談別的仇恨。戀愛是雙方的，一方強求不來，強求來了，也沒有多大意思。」國雄道：「我不是要強迫著去求愛，只是她冤苦了我了，我若不報復一下，顯得我這人是太無用了。」國威也沒法子和他哥哥解釋這種怨恨，只得一人提著嗓子自唱他的軍歌，並不和國雄搭話。國雄緊隨在後面走著，卻是不做聲。一走十幾里路，到了火車站，為了別的事，兄弟們才開始談話了。

他們上了火車，只在途中，省城已傳遍了訊息，有關係的親友們，沒有人不替他們歡喜的。舒劍花是在情報部服務的人，她又十分注意著夾石口的訊息，當華氏弟兄得假回來，她是知道的了。不過她心裡雖十分高興，可是她那份為難的情形，也就沒有別人可以了解。她想著，依了自己渴盼國雄回來的那份心事而言，就應該到車站上去接他。

只是當他出發的日子，正是自己設局騙余鶴鳴的時候，當時怕機密洩露，故意和國雄鬧得很決裂。國雄固然不知道是假的，自己也不敢說是假的。直到現在，他當然還以為彼此是傷了感情的，若到車站去接他，他不理會，也沒有什麼關係。設若他當眾侮辱起來，那還是受呢不受呢？若不到車站去接他，到他家裡去，他家裡人也是有誤會的，一定拒絕我去見他。本來過一天再去解釋，也沒有什麼要緊。只是說也奇怪，自己心裡總非今日解釋不可，連明天都等著有些來不及。想來想去，倒有了個法子，就是先去見國雄的父親，把原因說明。他是個哲學家，這樣一件很平常的事，他還有什麼解不透的。只要和他說明了，然後請他和國雄說明一下，等國雄心裡明白了，我才出來想見，這就很妥當了。

她正如此想著，打算換好了衣服，立刻到華家去，偏是不到一個鐘頭之間，情報總部就來了電話，說是司令有要緊的事商量，請馬上就去。偵探機關，非比別的機關，一分鐘遲早，都有關係的，因之劍花接了電話之後，不敢停留，馬上就到總部裡來。張司令坐在辦公室裡，臉上很憂鬱的樣子，正在桌上檢理檔案，見她進來了，將檔案推到一邊，用手按住，望了她的臉，點點頭道：「舒隊長，又有一件很重大的事，要妳去辦了，妳是個女子，是那樣聰明，又是那樣勇敢，非妳去辦不可！」劍花聽到司令在沒發表命令之先，就誇獎了一陣，很有得色，便笑道：「無論多困難的事，我都盡我的力量去辦。」張司令道：「那就好。妳坐下，我慢慢告訴妳。」

說著，用手指了公案外的那張圈椅。劍花想著，或有長時間的討論，就坐下來了。張司令凝了一凝神，眼皮有些下垂，那是很沉著的神氣，他從容道地：「海盜就在夾石口打了一個敗仗而後，他們知道我們也是耳目很周到的，所有軍事動作，都十分祕密，現在我接了報告，他們祕密調了三萬人到思鄉縣，預備一鼓而下省城。思鄉鄰縣，所有陷入匪手的地方，都有軍事調動。我們要防備他由哪條路，不能不知道他實在的情形。他們很狡猾的，也許那思鄉縣的布置，是虛張聲勢的，其實他引開了我們的視線，要由別路來進攻，所以我們要趕快去調查出他的情形來。這幾天思鄉縣一帶，難民紛紛逃難，正是妳前去探訪的一個好機會。我派去的人，當然不止妳一個，不過進城去仔細調查的人，我只預備妳一個人去。多了人，反怕誤事。妳到了那裡見機而做是了。」劍花對這個重要工作，倒一點也不感到困難，站起身來，就問哪一天動身。張司令道：「事不宜遲，當然就是今天走。」劍花聽了這句話，卻不能答覆，低頭又坐下去。張司令道：「我望妳努力。」說著望了她的臉，她依然是低頭不做聲。

張司令道：「舒女士，妳是個巾幗英雄，難道還有什麼為難之處嗎？海盜是我們不共戴天之仇，為了國家復仇，還怕什麼困難？」劍花躊躇了許久，才低聲道：「司令，可不可以展限一天呢？」張司令道：「為什麼要展限一天，今天不能走嗎？」她又站了起來，手扶了桌沿，低目向下看著。張司令道：「妳不必為難，有事只管和我說，我或者能替妳解決。」劍花道：「因為……」只說了這兩個字，微笑著頓了一頓，才慢慢低聲道：「因為華國雄今天要回來，我應當去歡迎他。」張司令笑道：「妳對我說過，他是妳的愛人，你們為了余鶴鳴的事，有點誤會，對不對？大概妳是要見他解釋誤會呢。不過國家事大，愛情事小，妳忘了為國家犧牲一切嗎？」劍花道：「這個我有什麼不明白？不過國雄對我誤會太深了。我怎能不解釋一下子呢？」張司令笑道：「不要緊，這樣一件小事，還用得著妳當面去和他說嗎？有我作證，他對妳的誤會，我想沒有什麼不能解釋的。到思鄉縣去的這件事，很有時間性，倒是非去不可！」劍花想了想，挺著胸道：「既然如此，我就忍心去了。」張司令道：「舒女士，現在是什麼時候？還能讓我們兒女情長，英雄氣短嗎？妳就走吧。妳需要什麼，可以到庶務科去領，我等著妳的佳音了。」說著他也站起身來。到了這時，劍花覺得實在也無可俄延，立著正，行個舉手禮，退出去了。張司令見她走了，向著她身後微笑了笑，自言自語道地：「什麼偉大的人物，這愛情兩個字，總是拋開不了的，也難怪她了。」於是吩咐隨從兵，向車站打個電話，問東路的火車，到了沒有。

車站上次答，車子已經到了二十分鐘了。張司令趕著將公事辦畢，坐了汽車，就向華有光家裡來。當張司令向華有光家來的時候，華氏兄弟，正下火車不多久，坐了汽車回鄉村來，遠遠地望到自己家門，弟兄二人，都有一種難以言語形容的快樂。就下了汽車，向家中走來。華家屋子裡，屋子外早是讓有光學校裡的同事，和同村子的鄰居擠了個紛亂。華太太在人叢中，走來走去，也不知如何是好，和這個說兩句話，和那個又說兩句話。華有光口裡銜了菸斗，站在院子裡，不住地微笑。鄰居們歡迎的熱烈程度，在華氏家人以上。有幾個人等待不及，坐了腳踏車，迎上前去。看見華氏弟兄，在頭上揭下帽子，在空中搖撼著笑著大喊歡迎。喊畢，掉轉車子向回跑，各要搶先報告。有個老者，他有些趕年輕人不上，坐在車上，一路喊著「來了來了」，就這樣喊了回去。華氏弟兄在大路上走著，經過了人家，人家裡面的老老少少，都跑著出來觀看。村子門口，橫在兩棵大樹之間，懸著一幅長布標語，上面大書特書：歡迎愛國軍人兩位華先生，村人同慶。此外各樹幹上，都貼有字條標語，無非是歡迎華氏兄弟，鼓勵國人愛國的意思。自己家門口，更是左一幅右一幅的標語，四處橫著，門口是高高地插著兩面國旗。在國旗之下，擁著一大堆人，有些人手上還拿了小旗子在空中招展。

華氏弟兄看到他們時，他們也看到了華氏弟兄，噼噼啪啪就有人鼓起掌來。二人並肩邁步而走，一面向歡迎的大眾舉了手。在人叢中，這時有位老太太跑了出來，正是兩個軍人的母親，她走上前，一手挽了一個兒子，很沉著地喊了兩聲「我的孩子」。二人同笑著叫了一聲媽。這些歡迎的人，不容分說，一擁上前，把他三人包圍起來了。有人叫道：「別包圍呀！老先生還沒有看到他的少先生呢。」便有人閃開一條路，讓有光進來。他取下所戴的眼鏡，用手絹擦了擦玻璃片，後又戴上，他望著哥兒倆點了點頭道：「好，你們替做父母的爭光。」國雄國威都鞠著躬。有光道：「鄰居和學校裡朋友，太看得起我們，在我們家裡，設有酒席，歡迎你們，我們走吧。」於是大家如眾星拱月一般，將他弟兄們擁了進去。院子裡樹蔭下，設有一字長案，共列三行，大擺著露天宴席。這時有人舉了手道：「大家稍微安靜一下，讓我報告。」說著就有個人端了個方凳子放在人叢中，他站在凳子上道：「諸位！我們這個歡迎會，是歡迎兩位愛國志士的，但是，我們不要為了壯年志士，忘了老志士。你想，有光老先生，他是個非戰主義者，而且就只有這兩個兒子，他為了替國家找出路，為民族爭生存，他不惜推翻了他生平的主張，而且把他兩個兒子，完全送去當兵。這種犧牲精神，請問，在大人先生裡面，能找出幾個？」他是個穿西服的老先生，他說著話時，將他那筋肉怒張的瘦拳頭，捏得緊緊的，只管憑空揮動，下巴上的長鬍子，也跟著他那副精神，根根直豎。

全場的人聽了這話，都鼓掌。他又道：「還有華夫人，我們知道她是位慈祥愷悌的老太太，平常小孩子吵鬧，她都反對的。這次，她在懷抱裡送出兩個兒子到火線上去，而且僅僅的這兩個愛兒，請問：中國有多少這樣的老太太？」大家又鼓掌。老人道：「所以，今天我們歡迎兩位志士之外，更要為這兩位老英雄慶賀教子有方，而且是有志竟成！」說畢，他跳了下來，大家拚命地鼓掌。於是大家認定，請二老夫婦坐第一列的首二席，請國雄坐第二列首席，國威坐第三列首席。坐定，還是那個人站起來發言道：「我們要吃個痛快，有話等吃飽了，喝足了再說。現在我們大家站起來，恭祝老少英雄一杯，以後我們不拘形式，就隨便地吃喝了。」說著，他舉了一個大玻璃杯子，過了額頂。於是全場人起立，都向華家四位恭祝一杯。華有光到了這個時候，也說不出來有何感覺，只是向大家笑，華家四位也就陪了一杯。這才大家坐定，吃喝起來。因為今天人多，按照中國酒席吃法，有些不便利，因之發起人只預備五六個菜，而且照著吃西餐的法子來吃，口味既對，在儀式上又便利，所以大家吃得很痛快。

華氏弟兄，隨便談些戰場上的情況，說到大風大雨之中，那種困難禦敵的情形，全場鴉雀無聲，都靜靜地聽著。說到援兵到了，將海盜殺退，大家又眉飛色舞，歡呼起來。國雄正說到高興之處，聽差欲將一張名片遞交他，說是來了一位張司令要見；國雄哎呀一聲站起來道：「我一個小小連長，怎敢勞動司令來會我，而且我也不認識他呀。」華有光向他要了名片看，便道：「這位司令，他的職務，是與平常軍人不同的，也許他有什麼要緊的事，得和你面談。」國雄想了想道：「這也對，那麼，請他到客廳裡相會吧。」聽差回話去了，國雄也就向大家暫行告退，一人到客廳裡來。那張司令見他進來，一點也不託大，就伸了手和他握笑道：「華連長，我歡迎你，而且我還代表一個人歡迎你。」國雄以為他是代表哪位長官來說這話的，連說不敢當。張司令笑道：「不敢當嗎？我說出來，也許你就敢當了，而且也許不願意接受呢。」說畢，他就哈哈大笑起來。

第十一回　渙釋疑團凌空落柬　深臨險境乘隙窺營

張司令這一陣大笑，卻笑得國雄有些莫名其妙。瞪了兩隻眼睛，只管望了他。張司令笑道：「我和你提個人，大概你認識。有位舒劍花女士，你們是朋友嗎？」這位張司令，忽然會提到舒劍花身上去，這倒出於意料之外，因淡淡地笑道：「對了。不過是很平常的朋友。」張司令笑道：「交情到了這步地位，還是平常朋友，那麼，要怎樣一種人，才算是非常朋友呢？這我也不去管它。華連長不要嫌我瑣碎，請問，你可知道舒女士是幹什麼職業的？」華國雄聽他這句話問得有些奇怪，便道：「她原來職業很高尚，是在學校裡當教員的，但是近來她得了一筆遺產發了財了。不過是位能花錢的千金小姐。」張司令道：「她得了什麼人一筆遺產？」國雄道：「是她一個做華僑的叔叔，傳給她的。不過我平常沒有聽到說她有這樣一個有錢的叔叔。」張司令笑道：「足下也有些疑心嗎？」國雄道：「不過她發了財是真的，也許是她的遠房叔叔，她自己都不曾注意的。」張司令手摸了他那亂髯，微笑了很久，然後答道：「也許得遺產這件事，根本上就靠不住。」

國雄聽著，心中不免疑惑起來，這位張司令，為何這樣清閒，老遠地跑來討論舒劍花的私事。不過他的官階，比自己的官階大得多，絕不能對他有什麼不合禮的態度，所以表面上依舊陪著他談話，就問道：「連得遺產的事都靠不住嗎？這些時候，她有錢花是千真萬確的，誰送這麼些個錢給她花呢？」張司令笑道：「這樣看來，華連長果然和她是個平常朋友，她的性情，她的人格，她的才具，她的職業，你全不知道呢。是的，她在表面上好像突然發了財，其實那不是發財，乃是她職業上一種應時的表示，這種表示完了，她依然是位很平民化的姑娘。」國雄覺得他的話，實在有些不合理，便問道：「司令怎麼樣知道？」張司令笑道：「她和我同行，我怎樣不知道？」國雄聽了這話，心裡倒有些明白，於是向張司令瞪了大眼睛望著。張司令笑道：「你簡直是錯怪了好人了。我告訴你吧，舒女士是我們情報總部的女隊長，她得了遺產，是得了我們總部一筆特別費。她坐汽車上大亞戲院聽戲，是去偵察敵情，那個戲子余鶴鳴和她交朋友，就是中了她的計。她和你淡淡的，讓你去和她絕交，也是她計中之一部分。你雖在夾石口打勝仗，可是發覺海盜由這方面來偷襲，這是她的功勞呢。」國雄聽了這話，做聲不得，只望了張司令。

張司令微笑道：「到了現在，你總該有些明白吧？」於是就把破獲余鶴鳴這樁案子的原委，詳細說了一遍，國雄聽畢，啊呀一聲站了起來。張司令笑道：「你固然愛國，她的愛國心，恐怕不在你以下。你固然有功，可是沒有她破獲海盜的密窟，得不著檔案，也許海盜打到了夾石口，你們還不知道呢。那時，當然是全域性失敗，你一人何從立功起來。她是你的未婚妻，不算辱沒你，為什麼你說她不過是平常朋友呢？」國雄道：「嗐！我哪知道有這麼一回事。她……」張司令道：「她不像你，她聽到你要快回來，心裡頭是很歡喜的。不過她不能來歡迎你。」國雄道：「當然！是我太對她不住了，我可以去見她，當面謝罪。」張司令搖著頭道：「這倒是用不著。」國雄道：「她自然是對我不容易諒解，不過我當日不對她誤會，也許破壞她的工作。這一層，她要十分……」張司令笑著搖了搖頭道：「談不到此。」國雄覺得什麼話也說不進去，很覺慚愧，站在張司令面前，只管低了頭。

張司令道：「她不能來歡迎你，自然也不能見你，你為什麼不明白這一點。假使可以讓你解釋誤會，她不會先來見你解釋誤會嗎？」國雄道：「是！我也沒有什麼話可說了。不過她請張司令來，就是對我說這幾句話嗎？」張司令站起來，笑道：「我也不必更讓你為難了。告訴你吧，她今天已經離開省城了。」國雄看了看張司令的臉色，突然問道：「真的？」張司令摸著鬍子道：「她倒不是為你來，生著氣走的，自然有她的公幹。」於是把舒劍花奉命出差的話，告訴了國雄，至於為什麼出差，出差到什麼地方去，這卻守著祕密，沒有告訴他。國雄點著頭道：「難得！中國的女子，個個都像舒劍花，那就大談戀愛，又要什麼緊？」張司令笑道：「好了，我這個和事老做成功了。將來舒女士回來了，你們結婚的時候，多請我喝一杯喜酒吧。現在我可要告辭了。別耽誤你的歡宴。」說畢，就向外走。國雄位卑，在軍界裡，談不上什麼平等，不敢挽留他，很恭敬地把他送走。

轉身回到酒席上來。他端了一杯酒，站著向全座的人一舉道：「請大家陪國雄乾這一杯酒，國雄有件很高興的事報告。」大家聽說，果然站起來陪著乾了一杯。國雄依然請大家坐下，於是將自己和舒劍花的愛情，以及舒劍花這回割愛誘敵的事，報告一遍，全座人聽到，都鼓起掌來。國雄道：「她現在又為了一件很重大的公事，出差去了。可惜今天宴會，不在昨天，若在昨天，大家可以見見她了。老實說，沒有她發現敵人攻夾石口的訊息，我怎能受諸位今天的招待？」說到這裡，半空裡轟轟作響，突然來了一架飛機，那飛機由遠而近，直向這個村子而來，越近飛得越低，下面看得飛機上的圖案很清楚，正是省軍的偵察機。那飛機到了臨頭，有塊幾尺長的黑布，墜了下來，然後機身一折，變成高飛，轟轟響著，飛到老遠去了。國雄知道，這是飛機丟下信筒來的表示，連忙向著那黑布下垂的地方找了去。

不多一會，在橫的一根樹桿上，將那黑布找著了。那布的下方，正繫著一個白鐵筒子。國雄一時猜不著飛機為何向這地方傳信，因之趕忙把白鐵筒開啟，裡面並沒有信，乃是一張大白紙，寫了碗口大的字：歡迎華國雄國威兩位捨身抗敵的勇士，舒劍花謹書。原來是她坐著飛機來的，這可出人意料之外。再抬頭看那飛機時，遠在天邊，只剩有一個小黑點，也就快不見了。原來舒劍花在情報總部告別以後，因為此去，要超過海盜的防禦界線，非坐飛機不可，所以乘了飛機前去。臨上飛機的時候，和駕機人商量妥了。到華家屋頂上繞半個圈子走，所以又在飛機場臨時寫下一張字條，放在信筒裡丟下來。當國雄眺望飛機的時候，扶搖直上，她已去遠了。這架飛機，目的只在送劍花到敵人境裡去，不轟炸也不偵察，所以飛得極高，一路都很平安地到了目的地。

飛機在半空裡旋轉著，看清楚了有一片曠野，並沒有人家，立刻就降落下來。劍花這時已是扮著一個鄉下逃難婦人模樣，頭上罩了一塊藍布，塗著滿臉的荷葉汁，又黃又黑，身上穿著滾花邊的藍布褂子，下面穿著滾花線的大腳管褲子，腳穿尖頂鯰魚頭鞋，而且是藍布襪子，敷上了許多土，看那樣子，完全不像是坐飛機的人。飛機落到平地上，劍花將預備好了的東西，帶在身上，立刻跳下飛機，向麥田裡鑽了進去。飛機也不敢延擱，怕讓人看見了，不稍停留，就騰空而去。這個時候，已是半下午了，劍花藏在麥田裡不動，到了晚上，然後背了個半舊包袱，慢慢地摸上大路。這時，黑野沉沉，上下相接，四周的星斗，放出點點的微光來，略微還看到一些路徑。劍花站在大路中間，對著南北仔細地觀察了方向，然後在路邊一個牛棚子裡坐著打盹，直等天明，然後緩緩在路上走著。及至太陽有丈來高時，路上已遇到了走路的，人家看她這種情形，料著是個避難的，也沒有什麼人注意她。她得不著一個問話的機會，卻也不敢輕易開口。走到一個三岔路口，卻看到一位四十上下的漢子，挑了一副籮擔。一頭挑著是一捲鋪蓋，和一個舊木箱子，一頭是個空籮，裡面坐著兩個小孩，這漢子後面，一個大腳婦人，身上扛了根木棍，棍子上掛有個小包袱。婦人後面，再跟上一個十二三歲的男孩，也用根小竹竿子，挑了兩個手巾包。看那樣子，很像是舉家避難的神氣。

劍花緊緊地跟著那擔子走，逼著那籮裡一個黑小子發笑。那婦人忍不住，首先發言了，她道：「你這位大姐，也是要進城去的嗎？」劍花笑道：「大嫂，是的，你這孩子多好玩呵！」那婦人道：「你怎麼只一個人，你也不是本地口音。」劍花嘆了口氣道：「我丈夫是到這裡來做買賣的，前兩天，讓海盜抓住了。我的東西，也沒有了，只剩了一個光人逃難。這縣城裡有一個親戚，我想找他想想法子去。大嫂你貴姓？」那婦人指著漢子道：「他是王掌櫃，我孃家姓丁，你看，這年月不容易過，好好兒的，會拖泥帶水的，拖了這些人逃難。唉！前世造的孽！」劍花笑道：「大嫂，你真和氣。你這王掌櫃，是個能幹人樣子，將來一定會發財。」王掌櫃挑了擔子，不由笑起來道：「你這位大嫂，人真好，也不會永久落難的。不過你這個樣子進城去，恐怕有些不行，這些日子，縣裡就只有正午開一會兒城門讓人進出，而且盤查得很緊，你不如冒充是我的大妹子，不要開口。混進了城，就好找你那家親戚了。」劍花笑道：「那就極好了。這又沒有什麼見面禮，給這兩個小姪子，那是怎樣好呢？」說著，在身上摸索了一陣，摸出了兩塊現洋來，向那籮擔裡坐著的小孩子，每人手上塞了一塊。丁氏聽到丈夫要劍花冒充大妹子，心裡十分不高興，現在見劍花給錢，喲了一聲道：「大妹子，還沒有讓小姪給你拜禮呢，你倒先給錢。」劍花笑道：「小意思，到了城裡，我再買東西給他們。」丁氏連聲道謝，就一路陪著走。劍花一路都恭維他們，他們很是滿意，說是丁氏孃家在城裡，到了城裡，可以先在她孃家歇腿，然後再去找親戚。劍花更是歡喜，就約著到城裡買這樣買那樣。大家很高興地談著話，不知不覺地到了海角縣城。

這正是開城門的時機，到了城門口，出城進城的人，很擁擠了一陣，城門口雖然有些兵士檢查，因為王掌櫃說劍花是他的妹子，劍花並沒有開口，隨著許多人，就混進城了。自己心裡想著，這一下子，總算闖進了虎穴，若是真能在丁氏孃家住，有了落腳之所，這事就好辦了。心裡如此想著，不但不害怕，還有些揚揚自得，覺得這次前來，一點痕跡都不曾露出來，真算辦得巧妙。也幸而遇著了這一對鄉愚，做了我莫大的幫手，這算合了一句俗話，天助成功了。她很高興地走著，穿過了一條大街，那些放進城來的難民，兀是未散。原來最前面有四名海盜的兵士押著，說是進城的人不許亂跑，要到旅司令部去登記，說明進城去住在什麼地方。劍花得了這個訊息，暗中叫聲慚愧，幸是有王掌櫃認作妹妹，進城可以說出落足的地點，要不然，走來就要被他們識破。

論到上旅部裡去註冊，自己實是夢想不到的事情。有了這個機會，就可以偷看偷看他們的軍營，他們的兵士，是不是可以打仗，那簡直是先睹為快了。在她這樣想著的時候，隨了大眾向前走，絕對不想到面前有什麼危險。縱然有危險，到了此時此地，自己也應當極力鎮靜，總要不露出破綻來。於是半低了頭，裝成那鄉下姑娘的樣子，時時用手扶了籮擔繩子，偏了眼鋒，四處偷看。一路走來，到了海盜的旅司令部，這門口站了兩排武裝整齊的兵士。雖然他們是扶了槍站著筆直的，可是他們的眼睛都向進城的難民，大大地瞪著。所謂登記，也不過是那樣一種手續，他們要藉此嚇嚇老百姓。在大門裡列著一排桌椅，桌子上擺了帳簿筆硯紅朱，難民順了桌子，由東邊走上去，由西邊走下來。

那些盜官，看看難民的形色，有的看看，問上兩句，有的並不問，揮著手只說一個字，走！在王掌櫃前面一個老年人也不知犯了什麼嫌疑，他們是問了又問。隨後還要將衣服脫下檢查。他身上實在沒有什麼東西可藉口的，這才放他過去。劍花站在身後，心裡倒疑惑起來，怎麼他突然對這個人注意，大概會注意到我身上來了吧？她極力地鎮靜著，慢慢走了過去。不料到了公案桌之前，那盜官倒揮著手道：「快過去，快過去。」劍花這更不明白，為什麼我來了，竟連站住都不必呢。這是正中心意的事，還有什麼話說。心裡也就笑著，官場中做事，總是這樣，不應留意的地方胡搗亂，其實把應注意的忽略過去了。就是海盜他們也不應當例外。如此想著很高興地向外走，眼睛可不住地向盜營四周偷望，慢慢地走著，把盜營看了個夠，然後才走了過去。據王掌櫃說，他岳母家離此處不遠，心裡又算落了一塊石頭，臉上又不免帶了笑意。然而這時忽聽得有人喝道：「把那個鄉下姑娘給我帶住。」心中卻吃了一驚，又算是樂極生悲了。

第十一回　渙釋疑團凌空落柬　深臨險境乘隙窺營

第十二回　施妙腕突現真面目　下決心不受假慈悲

第十二回　施妙腕突現真面目　下決心不受假慈悲

舒劍花初聽到有人叫喚，把那個鄉下姑娘帶住之時，自己還十分的鎮靜，不肯驚慌。及至回頭看時，就魂飛天外。原來這個人，就是在自己手上逃脫去了的余鶴鳴。現時，他穿了一身軍服，掛了指揮刀，騎在高大的白馬上，卻也威風凜凜，但是他對了劍花，並不發怒，手上拿了馬鞭子，笑嘻嘻地向她指點著。他馬前馬後，站了許多兵士，跟著他馬鞭子所指之處，蜂擁上前，將劍花圍住。她料是不能脫身的，便裝出鄉下姑娘的樣子，身子向下蹲著，向王掌櫃丁氏二人大叫：「哥哥嫂嫂。」王掌櫃見劍花被捕，已經是慌了。她不叫猶可，一叫之下，立刻就挑了擔子飛跑。余鶴鳴在馬上哈哈笑道：「把她帶到總部裡去。」那些匪兵聽到這話，喝一聲走，便來拖劍花走。她看著這種情形，料是跑不了，再也不猶豫了，挺著身子，就跟著許多兵士走了。余鶴鳴騎著馬，就在後面緊緊跟著。劍花知道事到現在，凶多吉少，只有坦然前走，多少還有幾分生望，怕是千萬怕不得，因之在許多兵士監視之下，大步向前走，也不回頭，也不立腳。走到一家旅館門前，那旅館的招牌，依然還在，可是大門上，也貼了一張大紅紙條子，大書特書：臨時偵察總部。

劍花心想，這倒好，他們是一報還一報了。如此想著，倒向著大門口微笑了一笑。

大家一擁進了門，將劍花先看押在櫃房裡，有四個帶手槍的兵士，緊緊包圍著。劍花坐在一張圈椅上，腿架著腿，學文人抖著文氣，一點也不驚慌。過了十分鐘的時候，有兵士出來傳話，說是隊長傳這位鄉下姑娘問話。於是幾個兵士，簇擁著她到一間大客廳裡去。這裡已經變了偵察處的臨時法庭了，上面一張大餐桌子橫擺著。正中一把圈椅，余鶴鳴端端正正地坐在那裡。劍花心裡明白，決計是瞞他不過的，正想自說出來。可是余鶴鳴偏不忙著和她說話，對著兵士道：「老闆娘找來了嗎？」兵士答應找來了。於是一個兵士出去，引進一位五十上下的婦人進來。余鶴鳴指著劍花向她道：「這位鄉下姑娘，你帶她去洗把臉。」老闆娘看看劍花，又看看余鶴鳴，心裡卻猜不透這是什麼意思。余鶴鳴揮著手道：「你只管帶她去，回頭你自然明白了。」老闆娘牽著她的衣服道：「姑娘，你跟我來。」劍花也不躊躇，跟著她就走出來。老闆娘心中想著，這些匪類，就沒有好人。把人家鄉下姑娘抓來了，不談別的，光讓人家去洗臉，是什麼意思呢？她帶著劍花到自己房裡，向她笑道：「姑娘，你和這位隊長認識嗎？」劍花微笑著點點頭。老闆娘看她的態度很自然，心想，鄉下姑娘，知道什麼，洗過臉之後，你就要後悔了。劍花很坦然地在椅子上坐著，只等老闆娘伺候。老闆娘將水舀來了，放在洗臉架上，向她笑道：「那梳妝桌子抽屜裡，胭脂粉都有。是我姑娘日用的東西，都是很好的，你隨便用吧。」

劍花先和老闆娘要了些香油，將手上臉上的荷葉汁塗去，然後再洗手臉，洗過之後，真個照著老闆孃的話，在梳妝臺抽屜裡，尋出胭脂粉來，用她平常善於化妝的功夫，盡量地施展著。她化妝完了，掉過臉去，老闆娘哎呀了一聲，向後一退，然後再迎上前一步，對了她的臉望著道：「姑娘妳真美啊。」劍花笑道：「現在妳可以知道我不是鄉下人了。這衣架上的衣服，大概也是妳姑娘的吧？借一件我穿穿，行不行？」老闆娘道：「有什麼不行？不過她死了還不滿三個月，妳穿她的衣服，不怕喪氣嗎？我今天和她清理箱子呢，要不然，我也不會把衣服拿出來，看著是心裡很難過呀。」劍花挑了一件藕花色的旗衫，拿在手上，笑道：「我就穿這件去見余隊長吧。最好連襪子鞋，都和我借一雙漂亮的來換著。免得上下不相稱，我的腳不大，大概是天足的鞋襪，我都穿得。」老闆娘望了她漂亮的面孔，低聲道：「姑娘，這位余隊長不是好惹的。」劍花搖搖頭微笑道：「我不怕他。」老闆娘看她這行動，心想，不要她和余隊長真有什麼交情。不然，她哪有這大的膽。我寧可巴結她一點，免得招怪。如此想著，就在衣櫥子裡，又找了內衣鞋襪給她換，一試之後，巧不過的，竟是樣樣都合適。

劍花把衣鞋換好，向老闆娘問道：「你們姑娘在日，也用香水不用？」老闆娘笑道：「大姑娘，你還打算用香水嗎？」劍花笑道：「若是有的話，我很想灑些在身上。」老闆娘想了想道：「好！我和你去找找看。」於是在梳妝桌子抽屜裡，亂翻了一陣，翻出了一個曾經裝過香水的玻璃小瓶子來。然而看看裡面，卻是空空的，一點水漬也沒有。劍花接了過來，笑道：「雖是沒有香水沾點香氣也是好的。」於是將小瓶子按到洗臉盆裡去，灌了些水進去，接著就把瓶子高舉過頭，把那些水倒在頭髮上，然後放下瓶子，向鏡子牽牽衣服道：「行了，在這種地方，這個樣子去看他，那還有什麼話說。請你去告訴余隊長。我已經洗完了臉，換好了衣服了，馬上就見我嗎？」老闆娘越看越猜不透這情形來了，只好信了她的話，去報余鶴鳴。余鶴鳴聽說劍花一點不害怕，痛痛快快地就化妝起來，心裡也有些奇怪，就叫老闆娘趕快地把她請了來。

老闆娘將她再引到那個臨時法庭上時，余鶴鳴原在那臨時設的公案邊坐著，即刻走下位來，向她遙遙地鞠躬，微笑道：「舒女士，久違了。現在，妳算露出真面目來了。妳好哇？」劍花也笑著點頭道：「余先生，我好呵！巧得很，又碰著了你。」余鶴鳴昂著

第十二回　施妙腕突現真面目　下決心不受假慈悲

頭沉吟了好許久，才笑道：「舒女士，妳可知道？這地方是我的勢力範圍了。」劍花坦然地笑道：「我早就明白。」余鶴鳴對她周身上下，打量了一遍，含著笑道：「妳真美呀！但是我已經學了乖，不能再中妳的美人計了。」劍花笑著將肩膀微抬了兩抬道：「那就在乎你了。」余鶴鳴沉吟著道：「在乎我，可不是在乎我嗎？」說畢，就掉過頭來，向著他的士兵們道：「把她看押起來吧。回頭再說。」兵士們將劍花帶出了法庭，走向一重樓上去。這樓原是旅館的上等客房所在，余鶴鳴事先挑了一間極完美的屋子，作為拘留所。所有通外面的玻璃窗戶，都臨時加上了一層鐵絲網，房門外也有兩個扛槍的兵士，預先在這裡站著。他們看到劍花來了，推開房門，將身子閃到一邊，讓她走了進去。她進去之後，兵士們連忙將門向外一帶，把劍花關在屋子裡了。看這屋子裡時，有床，有桌椅，而且茶壺點心碟子書籍，樣樣都預備好了。看這樣子，連飢渴煩悶，余鶴鳴都替代著想了排解之法，這不能不說是用心良苦了。周圍看過了一遍，用牙咬著下嘴唇皮，點點頭道：「想是想得周到，好像他又有些中我的美人計了。」如此想著，看桌上也放了一盒菸卷，和火柴，便抽出一根菸卷，用火柴點著來吸。斜靠在一張軟椅上坐著，靜靜想她的心事。想到這回冒險而來，自己也就料著成功和失敗的成分，都各有一半。然而到了現在，究竟失敗了。余鶴鳴這個人是很機警的，而且他的手段也很辣，將我抓到了，他就能這樣放過我嗎？在私人感情方面，他縱然是可以放過我，可是盗匪的條例，也是很嚴厲的，捉到了間諜，哪有不治死罪之理。自當密探以後，冒過許多危險，都曾逃出命來了。不料到了現在，卻會死在這個地方。

想到了一個死字，心裡便不由得冷了大半截，禁不住抽完了一根菸卷，又抽一根菸卷。她抽到第二根菸卷一半的時候，突然站了起來，將菸卷頭子向痰盂子裡一擲，自言自語道地：「我害什麼怕，怕死還來幹這件事嗎？我要憑著我的腦力，和他們奮鬥一陣，才是道理，為什麼還沒有到絕地，自己就心虛起來？」她有了這樣的主張，膽子放大，一人在屋子裡高興起來了，想到從前和余鶴鳴合唱《烏龍院》的時候，曾把他麻醉了，情不自禁地，也就唱起《烏龍院》來。她唱道：「忽聽得門外有人聲，急忙邁步下樓廳，用手兒開開門兩扇……」門外有人笑著拍門道：「來得有這樣的巧，你說有人叫門，果然我就叫門來了。」說時，門上的暗鎖，跟著有響聲，門一推，余鶴鳴就走了進來了。他隨手將門反關著，向她笑著一點頭道：「唱得很高興呀。《烏龍院》這齣戲，還記得唱嗎？」劍花笑道：「這樣好的事，怎麼不記得？我一輩子忘不了。」余鶴鳴正色

第十二回　施妙腕突現真面目　下決心不受假慈悲

道：「舒女士，妳不知道死在頭上嗎？」劍花微微笑道：「我早就明白。」一面說著話，一面又取了一根菸捲過來，靠住椅子背，很自在地擦了火柴吸著。吸了兩口菸，將兩個指頭夾著菸卷，放到椅子外彈灰，臉望著余鶴鳴只管微微笑，卻向他噴出一陣煙來。

余鶴鳴點頭微笑道：「妳的膽子不小。」劍花鼻子聳著道：「嗯！當然是膽大，膽小的人，敢來做偵探嗎？」余鶴鳴嘆了一口氣道：「妳太聰明了。妳也太大膽了。我愛妳我恨妳，我又怕妳。」劍花微笑道：「那怎麼辦呢？」余鶴鳴靠近了房門，向外邊聽聽，然後走到她身邊，低聲道：「妳要知道，妳的性命，只靠我一句話了。但是我雖恨妳，還不能像妳那樣辦，把自己愛人的性命拿去爭功。」劍花笑道：「哧！你不要說那人情話了。你若是不想拿我去搶功，為什麼見了我就把我捉住呢？」余鶴鳴笑道：「這有什麼不明白，以前我愛妳，妳不愛我，我一點法子沒有，現在妳不愛我，我有法子強迫妳愛我了。」

劍花鼻子裡哼了一聲道：「強迫？我姓舒的，生平就不怕強迫。因為強迫最厲害的手段，不過是要人的性命，但是一個人當了間諜，就把性命置之度外的了，你雖然是要我死，我就遵照你的命令去死，你還能有其他的什麼手腕嗎？」余鶴鳴皺著眉毛向她凝視著，很久很久，嘆了一口氣道：「妳若是這樣的堅決，妳的前途，一定是很危險，我在職責上，就沒法子救妳了。」劍花聽了他的話，只管微笑。

余鶴鳴哭喪著臉，望了她許久做聲不得，然後才道：「假使妳有不幸，我這一生，就得了個極惡劣的印象在腦筋裡，無論如何也磨滅不了。我現在願用二十四分的力量來救妳。」劍花聽了這話，哈哈大笑道：「你這真是貓哭老鼠假慈悲了。你與其現在竭盡全力來救我，何如以前根本就不逮捕我。把我抓著了，你再來說這些不相干的慈悲話，我聽了，替你害羞。」余鶴鳴被她當面嘲笑了一陣，也不便生氣，想了一想道：「劍花，妳讓我解釋一下，妳知道我就不是假慈悲了。現在雖然是把妳逮捕了，但是我只要不說破妳是個間諜，隨時就可以釋放妳。釋放妳之後，我們就是朋友了。那個時候，我隨便對妳一說，妳就可以明白了。」劍花道：「你為什麼不說破我是個間諜？難道你就不記我以前的仇恨嗎？」余鶴鳴道：「妳這樣一個聰明人，還有什麼不明白的，這無非是因為我愛妳。」劍花道：「傻瓜！你難道不知道我以前愛你是假的嗎？你和我還談什麼愛情。」

余鶴鳴道：「好吧。我們不談愛情，可以找件別的事我們來合作。可不可以把中國情報組織的內容告訴我。妳要是辦到這一點，縱然說妳是中國的女間諜，我擔保也可以保全妳的生命。」劍花搖搖頭道：「多謝你一番好心，但是中國情報部的內容，很是嚴密的，對這一層，我很抱歉，無法報告。」余鶴鳴道：「以前站在情報處這樣重的地位，對它的內容，一點不知道，我簡直有些不相信。我看妳是不肯說。」劍花點點頭道：「我是不能說的，為什麼原因，那就隨便你猜吧。」於是左腿架在右腿上，兩手抱了腿的膝蓋，臉微偏著一邊，臉上發出微微的笑容。余鶴鳴道：「妳真不說嗎？我很替妳可惜。」劍花笑道：「我說過了，你是貓兒哭老鼠，假慈悲。你不用替我可惜。當軍事偵探的人，早就犧牲一切的，為國而死，有什麼可惜呢？」余鶴鳴道：「其實也並沒有什麼難題目給妳做，不過有幾個問題，要妳答覆罷了。妳又何必那樣固執呢？」一面說著，一面就走向前來，在她身邊一張椅子上坐下，他滿臉是笑容，放出那親熱的樣子來。劍花倒突然站起來，將手一擺道：「少假惺惺地來親熱我。我反問你一句，假使上次你讓我們捉到了，要你說出海盜的祕密，你也肯嗎？」余鶴鳴笑道：「姑娘，妳還罵人。」劍花頓腳道：「海盜，海盜，萬惡不赦的海盜。」余鶴鳴也站了起來，微笑道：「妳不說就不說吧，何必生氣？」劍花道：「我為什麼不生氣？假使你處我地位，能夠把祕密說出來嗎？你說你說。」余鶴鳴微笑著。劍花道：「卻又來。你不必多說，姓舒的死也不賣國，也不能違背我的天職。」余鶴鳴臉色一變道：「好！我也要盡我的責任。再見了。」說畢，隨手帶門而去。

第十二回　施妙腕突現真面目　下決心不受假慈悲

第十三回　邀影三杯當時雪恥　流血五步最後逞雄

舒劍花見余鶴鳴很不高興地走去，料著這件案子，一定沒有好結果的。只是自己立定了主意，死也不賣國，這就用不著害怕。若是害怕，徒然把自己的豪興打消了。所以又取了一根菸卷，斜躺在睡榻上抽起來。菸卷這樣東西，雖是很微小，而且吸到口裡，也沒有什麼味。但是一個人在愁苦，匆忙，恐怖，各種不良好的環境裡面，它多少都能給你一種安慰。所以劍花雖是個精明強幹的女郎，到了這個時候，倒也不能不求助於菸卷。不過自己抽了一根菸卷之後，思想便有些變遷，心裡想著，怕固然是不必怕，可是有法子求活的話，我也未嘗不可以想法子求活。余鶴鳴對我，依然是很依戀的，我就可以利用他這一個弱點去找出生路來，慢來慢來，這種手腕，拿去救國，犧牲個人，救了許多人，那是很值得的。若是用美人計去求生，犧牲個人，也不過是救了個人，這有什麼價值。自己為了國家不得未婚夫華國雄的諒解，正不知怎樣去解釋才好，怎麼自己真個走上了那條路呢？幹就幹到底，我絕不應當怕死。

如此想著，猛然將手上的半截菸頭，向痰盂子裡一擲，然後站起身來，兩手環抱在胸前，在屋子裡踱來踱去。心裡想著，我是不屈服定了。然而我果不肯屈服的話，我的性命，不知道還能保持著若干時候，假使並不能保持若干時候，我……想到這裡，不能向下再想了，依然倒在椅子上靠背坐著，兩手反到脖子後面去，枕了自己的頭。兩眼直射著樓上的天花板，眼珠並不轉動一下，似乎這天花板上，就有一條求生的出路一般。她如此望著，很靜默地凝想著，聽到房門噗噗幾下響，心裡就只管怦怦地亂跳起來。這時心裡可就想著，不要是帶出去執行死刑吧。這樣想著，敲門的究竟是誰，就不曾去理會。那敲門的將門敲了一陣，不聽到裡面有答應之聲，自推了門走將進來。劍花看時，是一個隨從兵，他手上提了食盒子，很從容地走進來。將食盒子放下，揭開蓋來，將裡面的東西，一樣一樣放到桌上。劍花看時，乃是一個酒瓶，一個大玻璃杯，一雙牙筷。另外三盆菜，一碗湯，還有一大堆盤饅頭。那兵向她微笑道：「這位小姐，我們隊長說了，妳要吃用什麼東西，只管說出來，我們好去辦。」劍花笑道：「你對你隊長說，多謝他，我在這裡等死的人，也不要什麼了，你出去吧。」那兵答應了一聲是，反帶著門走出去了。

劍花看了桌上的酒菜，心想，他這樣客氣，樂得吃他一頓，反正是他來巴結我，又不是我去求他，他送來我就吃，他真放我，我也就走。她想畢，立刻坐到桌子邊大吃大喝起來。這與五分鐘以前的思想和態度，完全都不同了。這桌上的酒菜，固然是光供她一人吃喝的。而她的意思，卻不在於吃喝，覺得他既肯有東西給我吃喝，當然不是出門時候，意思那樣惡劣，必定是還想和我合作，我有這個出路，大可以不死。她得了這一線希望，心中立刻痛快起來，酒能喝，菜也能吃了，心裡寬展了許多。不過她想是如此想，那左手端著玻璃杯子，送到鼻邊，要飲不飲的，只管注視著。猛然看到那玻璃杯子裡的酒，卻有些震盪，心裡想著，這是什麼原因，難道我心虛膽怯，手上還有些抖顫嗎？於是故意將杯子舉得高高的，用眼睛仔細看著。呵！可不是在抖嗎？而且抖得非常厲害呢！於是將酒杯一放，用手一拍桌子，站了起來，大聲地自言自語道：「舒劍花，妳是一個女英雄，妳是一個忠於職守的軍人，妳所要的是人格，所為的是國家。除此以外，妳還管些什麼利害？」

她雖是一個人自言自語地說話，可是這樣一來，她提起了不少的精神。人向著窗子外，恰好太陽西偏，陽光射了進來，將她的人影子，斜射著倒在樓板上，眼睛注視著自己的影子，搖了搖頭道：「舒劍花，妳是多麼怯懦呀！假使這個影子是個人，她看見了妳害怕抖顫的樣子，恐怕也不好意思見妳了。影子，我真有些慚愧對著你了。但是我醒悟過來了，我現在決計不怕。喝！我對著你乾三杯，把膽子壯起來。」於是將玻璃杯子高高舉起，仰起脖子，將那杯酒一飲而盡。飲畢，放下酒杯來，又倒滿了杯子，接連飲了三杯之後，將杯子用力向桌上放下，桌上啪地一下響，昂著頭笑道：「影子，這沒有什麼可羞的，我雖然有點可恥的舉動，我立刻自己就醒悟過來了。我和他們，決計不妥協，決計不妥協。」說時，拿起酒杯子，噹的一聲，向牆上砸了去。碎玻璃電影，因之紛飛四散，落了滿樓板。劍花又嚷道：「不妥協，決計不妥協！」兩手端了桌沿，向前一翻，把碗和盤子，全打翻了。這種響聲，驚動了屋外監視的衛兵，推開門來，探頭向裡張望。

劍花喝道：「你望什麼？小姐吃得不高興，喝得不高興，把碗打了。要我不鬧，就給我換好吃好喝的來。」說時，在樓板上撿起一片碎碗有向他拋去的意思。那匪兵看勢頭不好，趕快就把門關上了。劍花將碎碗又在牆上砸了一下響，倒在籐椅子上躺著，哈哈大笑起來。在門外的匪兵，看她有這種發狂的樣子，怕出別的情形，立刻就向余鶴鳴報告。他聽了，皺眉了許久，也說不出一句別的話來，背了兩手，在屋子裡踱著大步伐走來走去，然後他向匪兵道：「你們只管守著那房門，屋子裡的事，你不必理會就是了。」匪兵答應著去了。這時，劍花心裡坦然了，躺在屋子裡，很自在的，慢慢哼著皮黃戲。約莫有一小時的樣子，房門敲著響。劍花道：「你們為什麼這樣裝模作樣，要進來就進來，難道還有什麼人攔阻得住你們嗎？」她說著，門開了。向外看時，形勢比以前卻嚴重得多。現在是四個扛槍的兵，在門外站著，另外兩個徒手兵，走進來請她出去。她微笑著點點頭道：「走！我也知道你們是不能再容忍的了。」站起身來，就跟了四個衛兵走。

這四個扛槍的衛兵，擺梅花陣似的，將她困在中間，圍了向前走。所到的地方，依然是先前那個大廳，不過形勢卻嚴重得多了。上面三張長桌子，一字列著，共坐有七個穿軍服的軍官，正著面孔，在那裡坐著。桌子後面，一直到兩邊靠牆，齊齊地站著二三十名兵士，身上都掛了手槍。大廳門口，已經有八個扛快槍的兵，再加上押人來的兵，便是十二個了。劍花料定這是軍法會審，倒也無所用其躊躇，挺著胸脯，就站到桌子面前來。那余鶴鳴到了這裡，地位可就矮下去多了。坐在桌子最末的一個座位上。劍花走進來時，一雙眼睛射到他臉上，而且微微地一笑，他立刻將目光向下垂著。

那上面海盜的軍官，早是聽到舒劍花這個名字，聽說她既美麗又厲害，各人也就要看她一個究竟。她進來，把所有在場人的視線，都歸結到她一個人身上。她並不理會，一隻腳微伸上前，只管挺了胸脯，昂著頭看四周的屋頂，彷彿目中無人，這裡乃是一所空屋。正中坐了一個尖角鬍子的老軍官，眼睛閃閃有光，由劍花身上射到余鶴鳴身上去。他很沉著道地：「余隊長先請你報告一遍。」余鶴鳴聽了這話，他的臉色，立刻變了，由許多軍官的面孔上，更看到劍花的身上來，他現出了無限的猶豫之色。靜默了約兩分鐘，然後他從容地向上報告道：「這個女間諜，她叫舒劍花，是中國有名的偵探領袖。她……她……」眼睛看了劍花，繼續著道：「她很厲害。我們在中國的華北總機關，就壞在她的手上。這次她又化裝做難民，混到這裡來，大概又有些什麼不利於我們的計畫。」

那匪軍官說：「我們在夾石口打一個敗仗，不就是因為她查得了我們祕密檔案的緣故嗎？」劍花不等余鶴鳴答話，笑著肩膀顫動起來，向匪軍官道：「你瞧，這件事我不很足以自豪嗎？哈哈！」她如此一笑，全席的軍官，臉上都不免變了顏色，覺得這個女子的膽，真是大得無可形容了。匪軍官問道：「以前的事，不去管了，這次妳到這裡來幹什麼？」劍花搖著頭道：「事關軍事祕密，這個我不能奉告。」匪軍官道：「妳要知道，我們的辦法，和中國不同。捉到了間諜，不一定處死刑，只要肯聽我們的話就行了。我們不但不法辦，也許可以重用的。」劍花道：「處死刑不處死刑，那在於你。我是不能把我來的使命告訴你的。」匪軍官沉吟著問道：「妳是怎樣混到我們境界裡來的？」劍花笑道：「你還坐在上面，用話來審問人呢，不如走下來，讓我來教訓你吧。一個人由這邊到那邊去，不是用兩腳走了來的，還有什麼法子過來。」那老軍官被她訕笑了幾句，惱羞成怒，紅了臉道：「這果然是個刁滑的女子。」說著話時，氣得他的嘴唇皮只管抖顫，兩手不住地微微拍了桌子，和老軍官鄰近的兩位軍官，於是彼此輕輕地互商了一會，然後那老軍官挺著胸脯道：「舒劍花，妳是屢次破壞我們軍事的女間諜，判妳的死刑。」他這樣說著時，四周的兵士，都做個走上前的樣子，怕她有什麼意外的舉動。她倒聽之坦然，點點頭微笑道：「那是當然的，請你們快些執行吧。」幾個兵士，就搶上前，挽著她的手臂，向大廳門外走，劍花站定了腳，將身子一扭，橫著眼睛道：「你們這算什麼？難道我會飛嗎？你們睜開眼睛看看，我可是個怕死的人，要你們來挽著我走。」余鶴鳴早已跟過來了，向兵士們丟了個眼色，還搖搖頭。兵士們知道是不必挽著，就讓她一個人走去。

她也不動聲色，眼光可注視在門口扛槍的一個兵士身上，因停住了腳向他微笑道：

「這位老總，非常地像我哥哥。我是要死的人了，哥哥，你能不能和我說兩句話。」這個匪兵，被她兩聲哥哥叫著，已是骨軟心酥，而且她說的是那樣可憐，怎好不理會人家。可是在這種軍事法庭上，也不敢和她亂開口，只向她微笑。她慢慢走到他身邊，低聲下氣道地：「哥哥，你我是手足多年，就此要分手了。你能讓我和你親個嘴嗎？」這句話說出來，聽到的人，心都酥了。中國人向來沒有這種禮節的，這個女子，想哥哥真想得可憐了。大家的思想如此，那個被她叫著哥哥的人，當然是魂不附體。劍花一直站到他身邊，出其不意地，將他手上的快槍就搶了過來。立刻身子一跳，跳到庭門中間，端了槍向正面就亂開了去。口裡喊道：「殺賊呀！」那些軍事法官審案以後，站了起來要走，看到劍花認著一個衛兵做哥哥，正也是在這裡奇怪。猛然由人群中飛來幾顆子彈，他們何曾防備得到，早有兩個不幸的軍官中彈而倒。那個審她的老軍官，便是飲彈的一個。劍花一陣開槍，出其不意地，這些軍官兵士都慌了。

直等她將子彈放完了，她大聲喊著道：「痛快極了，替中國人又殺了幾個仇人了。」她如此說著，旁邊的兵士，早有一個人拔出刺刀，向她手腕上直扎了過來。劍花身子一閃，還待要用槍去還擊，這時後面已經有個人用槍在她腿上橫掃了過來。她中了一槍，身子向後一倒，第三個兵士，舉了手槍對準她的胸膛，便要放槍。余鶴鳴在那人身後，伸腿一踢，將手槍踢了。口裡還喊道：「不要開槍，留著活口說話。」那個人的手槍，算是讓他踢過去了。可是那個拿刺刀的兵士，已經俯著身子，將刀插了下去。劍花人已暈倒了，不知道閃讓。

這一刀正插在她的手臂上，立刻鮮血暴流，由衣服裡直透出來。那人拔起刀，待要扎下第二刀時，余鶴鳴才搶了過來，握住他的手道：「不要亂來，還要留著她審問呢。」於是另有幾個兵走上前，抬著劍花向樓上空房裡去，這場紛亂，才算告終。事後檢點，算出打死兩個軍官，一名兵士，打傷一個軍官，一名兵士，劍花在許多人裡面，幹出這樣驚人的舉動，就是海盜的心胸，向來是偏狹的，也覺得這個女子，實在可以佩服。很有人主張，保全她的性命，鼓勵女子的勇敢精神。余鶴鳴對這個主張，自然是站在贊成的一邊，不過劍花是拚了一死的，她接受不接受人家赦免她的罪，還依然是一個問題呢。

第十四回　含笑遺書從容就義　忍悲收骨慷慨宣言

第十四回　含笑遺書從容就義　忍悲收骨慷慨宣言

當時余鶴鳴就去和他們的領袖商量，說是舒劍花這樣一鬧，自然是罪上加罪，不過她也是很可利用的一個人，假使暫時免除她的死罪，叫她立功贖罪，於我們有很大的利益。他的領袖只知收羅人才，余鶴鳴含了什麼用意，他哪會知道，便答應著說：「這也可以，但是她不誠懇投降的話，這女子的手段太厲害，就得執行死刑，不必留在這裡了。」余鶴鳴也不敢多說，就來看舒劍花。這個時候，劍花手上讓刺刀扎著，流了不少的血，自己掏出一塊乾淨的白手絹，將創口按上，躺在拘留室那睡椅上，只管想心事。余鶴鳴咚咚敲了幾下門，裡邊也沒有應聲，只得推門而進。進去看時，劍花臉色黃黃的，頭髮披了滿臉，右手托了左手的手臂，靜靜地躺著。那張睡椅靠了牆角的，她那樣蜷縮著，成了個刺人的刺蝟一般，越是憔悴可憐。心裡想著，她落到這步田地，都是自己之過，假使自己看到了她，並不報告，私下把她收到家裡去，勸她一頓，願了就把她留下，不願便將她趕走，又有什麼關係！心裡如此想著，就站在一邊發愣。

劍花一抬頭忽然看到了他，並不起身，瞪了眼向他道：「你來做什麼，到了執行的時候嗎？」余鶴鳴緩步走上前，站到她身邊來，低聲道：「我有兩句話和妳說，妳能不能好好地聽下去。」劍花道：「你挑好的說吧。」余鶴鳴頓了一頓，兩眼望了她道：「我始終愛妳。……」劍花不等他說完，突然站了起來，瞪了眼道：「啐！少說這個，我不要仇人來愛我。你和我滾開去。」說畢，用手連揮了幾揮。余鶴鳴向後退了兩步，望了她道：「妳得想想，假使妳不聽我的話，我就沒有法子救妳了。」劍花跳起來道：「誰要你救我，我情願死，我情願快快地死。」余鶴鳴呆了半晌，料著話是說不下去的。便道：「那麼，我們除了公仇，說句私話，妳有什麼遺囑嗎？」劍花道：「你問我這話是什麼意思？」余鶴鳴道：「如若妳有遺囑的話，我可以和妳寄回家去。我不過是盡盡朋友的心。」劍花笑道：「有！請你替我告訴中國人，一齊起來，打倒他的仇敵。」余鶴鳴聽了，點著頭微笑道：「就是這個嗎？還有沒有？」

劍花坐下去，低頭想了一想，因又站起來，向余鶴鳴一鞠躬道：「在私交方面說，我這裡先謝謝你了。」說著，在身上掏出一個金質的小雞心匣子來，用自己揩血的那條手絹，將雞心包著，交到余鶴鳴手上，很誠懇道地：「假使有一日天下太平了。你就把這兩樣東西，寄給我的未婚夫華國雄。請你把紙和筆墨借我一用。」余鶴鳴答應著，將紙墨筆硯取了一份來，放在桌上。劍花向他點點頭道：「你請坐，等我寫封信。」余鶴鳴也不能再說什麼，眼看了她，向後倒退著，坐在一張椅子上。身上說不出來有種什麼感覺，似乎有點發寒冷，又似乎有些抖顫，偷眼看劍花時，只見她提了筆文不加點地寫了下去。可是寫著寫著，她便有幾顆淚珠兒突然地落下，她並不用手絹擦眼淚，只將手背向兩眼各按了兩按，依然還是提筆寫著。余鶴鳴只管呆看著人家，慢慢地覺得自己身上不受用，實在堅持不住了，就站起來道：「我先告辭，回頭我再來取信吧。」劍花道：「你請便，若是有好酒，請你帶一瓶來，我很想喝兩口。」余鶴鳴連答應兩聲好，就走出去了。

他心裡有事，原是不願遠走，可是就在門外站著，心裡又十分難受。只管慢慢地扶了樓梯欄杆，一步一步地向下走去。走到樓梯半中間，好像有件什麼心事，自己轉身又走上樓來。可是走到拘留劍花的那間房門口，又不想向裡走，就停步不前了。站了一站，依然掉轉身再下樓去，走到樓梯半中間，不明是何緣故，又站住了腳，一隻腳踏了一步樓梯檔子不上不下的。正在這時，兩個兵走來，交了一張命令狀給余鶴鳴，接過來看時，上面寫著：敵探舒劍花一名，立即執行死刑。余鶴鳴兩手捧了紙，把紙都抖顫得作響，向兵士問道：「這命令是剛剛送到的嗎？」兵士答應了是。他自言自語道地：「我已經疏通好了，怎麼不等我的回信，就動手哩。」於是向兩個兵道：「這命令應該交給牛隊長去執行。」於是將命令仍交給了兩個兵士，自己便轉身向房裡來。當他用手推門而進時，見劍花的信，已經寫完，她正對了壁上懸的鏡子站定，用手慢慢去摸摸她的頭髮，鬢邊有兩根亂的，還用手理得齊齊的，將發歸併到一處。

門響著，她慢慢地回過頭來，笑著點了點頭道：「時候快到了吧？」余鶴鳴聽了她這話，自己都覺毛骨悚然，雖然對她已是無法挽救，可是在這個時候果然有救她的辦法，自己還是肯去盡力，眼睛望了劍花，不能做聲，也不能移動，就是這樣地發了呆。劍花將寫好了的信，笑嘻嘻地由桌上拿過來，遞到他手上，笑道：「你原來也是這樣膽子小。那要什麼緊，人生一個月是死，人生一百歲也是死，只要死得有價值，什麼時候死，怎麼樣去死，都不在乎的。我死之後，你若念朋友的交情，可以找具薄薄的棺材，把我埋了。最好還是給我立上一個石碑。你不要客氣，碑上就老老實實地寫著中國女間諜舒劍花之墓。一個人為他的國家當間諜，死在敵人手裡，那是一件榮耀的事呀。」余鶴鳴接著那封信，點了點頭。望了她的面孔道：「妳沒有別的話說了嗎？」劍花笑道：「還有一件事，你忘了和我拿酒來。」余鶴鳴哦了一聲，待轉身要走。劍花笑著擺了擺手道：「用不著了。我知道這個時候，你有點後悔，心裡比我還亂呢。」余鶴鳴道：

「不……不要緊，我……我去和妳找瓶酒……」劍花笑道：「你抖些什麼，快要到執行的時候了嗎？」余鶴鳴強笑道：「也許，也許有救，我先和妳找酒去。」說著，身子一轉，正待要走，門開啟來，卻有一個軍官，領了八個武裝全備的兵士，站在房門口。余鶴鳴哦呀了一聲。劍花看到了，向門外來的軍官點點頭道：「是帶我出去上刑場嗎？」那軍官道：「傳妳去問話。」劍花微笑道：「我早已明白了，又何必相瞞呢。我不怕死，說走就走。余隊長，再會了。」說畢向鏡子又摸摸頭髮，牽牽衣襟，然後向來人道：「走！」她說畢，挺身就走出房門去，余鶴鳴待要送她幾步，不知是何緣故，兩條腿軟綿綿的，卻是移動不得。

一陣皮鞋的起落之聲，聽到這班人押著劍花下了樓梯，同時聽到她高聲呼著口號：打倒中國的敵人，中華民國萬歲。那聲音先聽得很清楚，漸次至於聽不見。後來漸次有點聲音，以至於聽得很清楚。原來這高樓之下，是一片廣場，海盜的軍法處，遇有死犯，就在這裡執行。所以她呼口號的聲音，由清楚而模糊，由模糊而又清楚。聽到劍花很清朗地叫著中華民國萬歲時，她已到了刑場上了。

余鶴鳴走到窗戶邊，用手掀了一小角窗紗，隔了鐵柱窗子向外張望，只見劍花靠了一堵圍牆站定，一兩百名武裝兵士，排了半個圈子，把她圍定。她正對面有一個兵，正端了槍向著她。余鶴鳴不敢看了，連忙把窗紗放下，只是呆呆地看了窗紗，忽然窗子外，撲通一聲槍響，接著哎呀一聲，人就倒了。這倒的不是刑場上的舒劍花，倒的乃是樓上發呆的余鶴鳴。因為他心裡嚇慌，腳又嚇軟，就倒下來了。過了不知道多少時候，慢慢地清醒過來，睜眼看時，手裡還拿著劍花寫的一封遺書。站了起來向屋子四周看看，情不自禁地，嘆了一口氣。自己慢慢走出那屋子，兩隻腳雖然是一步一步向前走，可是自己的腦筋，並未曾命令這兩條腿，應該向哪裡走。

到了自己辦公事的房間裡，將劍花遺交的東西，放到抽屜裡去，自己將兩隻手伏在桌上，枕了自己的頭，就情不自禁地傷起心來。傷心之後，就跟著一陣追悔，心想，我們和中國縱然是敵國，我和舒劍花並無不解之仇，我看破了她的行蹤，把她送出境去，對她有利，對我們並沒有什麼損害。我何必憑著一時的意氣，把她逮捕起來呢？像我余某，飯也有得吃，衣也有得穿，何必還要幹這殺人的生活。我自己求活，倒去殺人，那個被殺的人，他就命不該活嗎？中國人也好，海島上的人也好，總同是人類，一定要征服中國人，讓我們海島上的人來圖舒服，這是天地間哪種公理。我們遇到什麼節令，大批地宰殺豬羊，心裡都老大不忍。現在無緣無故去宰殺同類的人，這就不管了。一個屠夫當有人宰殺牲口的時候，大家都少不了說他一聲殘忍。可是帝國主義者要去占領人家的土地，鼓勵他的部屬去殺人的時候，就說人家忠勇愛國。我想國民當天災人禍的時候，捨死忘生，為國家社會服務，這才是忠勇，若是無故去侵略人家，是一種殺人放火的行為，簡直是卑鄙，殘暴，陰險，怎麼算得忠勇。像舒劍花這種死法，為中國民族爭生存而死，是出於不得已，我們海島上的人，只要卷旗息鼓，退出了中國的境界，就天大的事都沒有了。為什麼緣故，非和人家拚個你死我活不可？

想到這裡，把自己當軍事偵探以來，對中國人無故殘忍殺害的事，覺得都是無的放矢，舒劍花為中國多數人來驅逐我，那是應該的。我愛她，我又佩服她，我到底害死了她。我擁抱過她，我吻過她，我可是殺了她。這是人類對人類的手腕嗎？想到這裡，將桌子一拍，站立起來道：「我不幹了。」這時，他一個親隨的兵，送了一封電報進來，放在桌上，自退去了。余鶴鳴心想，又是要派我去害中國人了。懶懶地將那電報拿起來看，電文已譯好了，除了銜名而外，乃是：

迭接報告，前方得獲巨探，該隊長忠勇為國，見機立斷，至堪嘉賞，特電獎慰。

余鶴鳴看畢，哧的一聲，兩手將那張電報紙撕了，嚷起來道：「我犧牲了人家一條性命，就換了這張電報，這就是忠勇可嘉嗎？」他說著話，一直就向那刑場上跑，一口氣跑到舒劍花就刑的牆根邊，只見她身子直挺挺地躺在地上。用了一塊白布，將劍花的上半截蓋著，余鶴鳴脫下帽子來，行了個鞠躬禮。對屍首注視了許久，不由得嘆了兩口氣，一回頭，看到身後站了兩個護兵，便道：「你們去把我的箱子開啟，拿出三百塊錢來，和這位舒女士辦理善後，錢不夠，到我那裡再去拿，千萬不要省。」說畢，又嘆一口氣，躲到一邊去了。這天，他一人躲到屋子裡去，寫好一篇辭呈，立刻送到總部去，說是自己得有心臟病，萬萬不能幹偵探長的事，同時，就趕著辦理交代手續。他忙了一天，護兵們也就把收殮劍花的衣衾棺木辦好。趁著太陽還沒有落土，他親自督率兵士，將劍花收殮了，然後才去安息。次日天色微明，帶了自己一隊兵士，押著扛夫將劍花的棺木抬到郊外去安葬。

墳地原是義塚，隨便可以挖築的，他們來的人多，只兩小時工夫，把墳丘就蓋好了。余鶴鳴按著中國內地的規矩，叫人挑了一副祭擔來，擔子歇在墳邊，先將後面一個藤籮裡東西取出來，乃是一副三牲祭品，另外茶酒各一壺，又是一束香，一大捆紙錢。護兵們搬了祭品，將香紙燃燒了。余鶴鳴就喊著口令，叫軍士排了隊，向墓頭行舉槍禮。禮畢，他就站在隊伍前面訓話道：「各位弟兄們，今天我對這舒女士這樣客氣，你們必定很是奇怪，以為我對她特別恭敬，是怕鬼來纏我嗎？其實舒女士死了有魂來顯靈，我倒是特別歡迎的。你們要知道，國家練兵，是保護國土，保障人民安全的，並不是練了兵去打人殺人。舒女士為了我們無故侵略中國，她為國服務，送了這條命，實在是沒奈何。假使我們不來侵略人家，人家何至於派這位舒女士來偵察我們的軍情呢？我們打人家，還不許人家還手，這是什麼理由？一個人無論怎樣窮，也不應當殺人放火去謀飯吃，何況我還不是沒有飯吃的人呢？軍法軍法，法律之外，又加了這樣一種殺人的規矩，其實也不過野心家管他們走狗的一種辦法罷了，人家一個年輕的女子，為了替她國家求出路，多麼可欽佩，又多麼可憐呀！可是我們都不放過她，非把她殺了不可。這話又說回來了，不是我喪盡良心把她捉住，也許她不至於死的，我後悔極了！我傷心極了！我還能幹這種事情嗎？」他說著話，猛然間把另一隻藤籮也掀開了，在裡面取出了一個大包裹，趕著提到墳後一叢矮樹裡去。不多一會兒工夫，卻走出個和尚來，原來那包裹裡是一套僧衣僧鞋，他已經換上了。大家看到，都為之愕然。他不慌不忙，在身上掏出了一卷鈔票，交給他一個親信的護兵道：「我和這位舒女士刻了一個石碑，十天后可以刻完，你可以拿去取了來，在這裡埋立好，這種愛國的人，值得我們為她出力的。我已經上了辭呈，交代得清清楚楚而去，你們放心，我不是開小差，沒有你們的什麼事，我要走了。」說畢，舉了兩隻大袖子，高舉過額頂，揚長而去。

第十四回　含笑遺書從容就義　忍悲收骨慷慨宣言

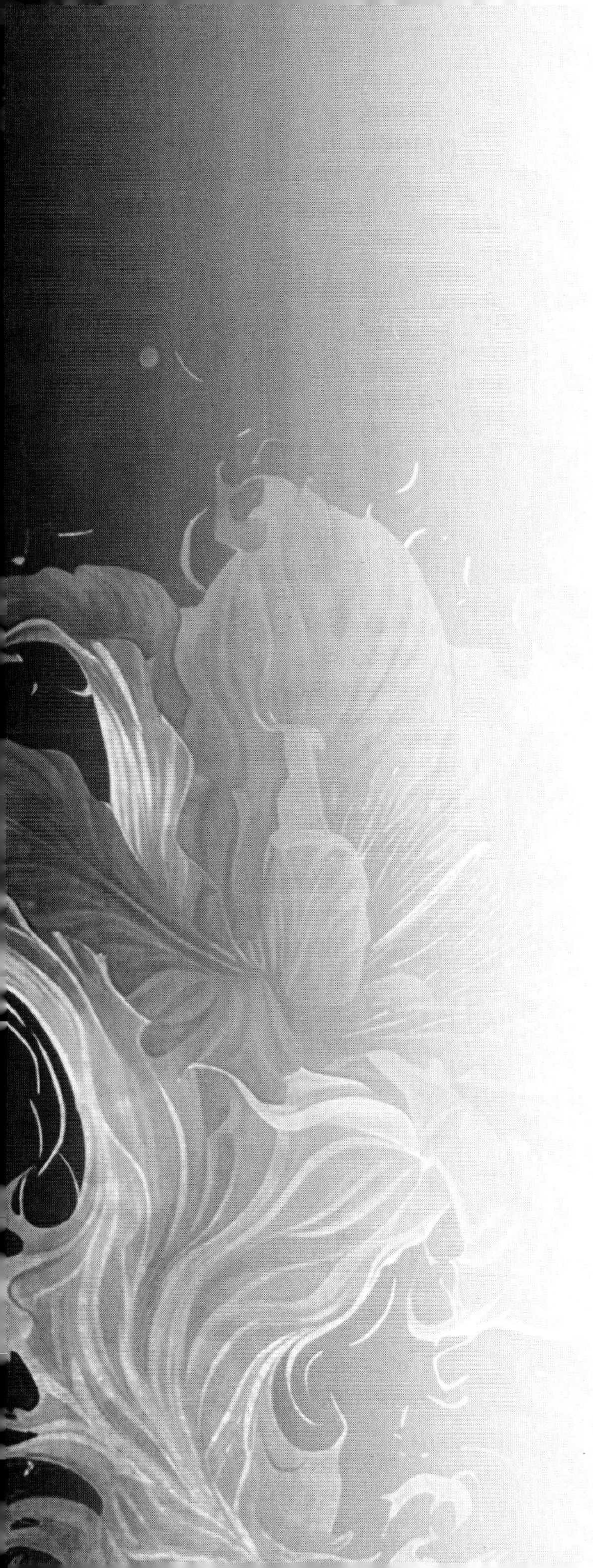

第十五回　訪寒居淒涼垂老淚　遊舊地感慨動禪心

第十五回　訪寒居淒涼垂老淚　遊舊地感慨動禪心

這一場悲劇閉幕之後，余鶴鳴下場了，舒劍花也下場了，只有那個期望團圓的華國雄，於假期完滿之後，依然到軍隊裡去扛槍，和民族作最後的掙扎。凡是一個人去打人，縱然把人打倒，自己也要費去無限的力量。若是無理去打人，惹起人家強烈的反抗，也許失敗者，不是被打的，正是去打人的。海盜和海濱這省的軍隊，廝拚著三年之後，他們因為經濟上有些來源斷絕，結果是起了內亂，自己崩潰了。雖然打仗的結果，中國是受了極大的犧牲，可是因為三年以來，始終是和海盜鬥爭，民族性到底是保持著。這民族性就是無價之寶，在大家依然興奮的中間，把破壞的所在，又陸續建設起來。從軍的人，以前是幹什麼的，現在退伍歸來，依然還繼續幹他的舊事。華氏兄弟打了三年的仗，僥天之悻，居然能保留了生命回來，而且並沒有殘廢，因之還是到學校裡去讀書。國雄在軍隊裡的時候，華有光怕他得了劍花的死信，會出什麼事變，始終是隱瞞著的。及至國雄回家，第一件事就是要到舒家去拜訪劍花，有光就是要攔阻，也顯著不近人情，為了慎重起見，就陪了兒子一路進城，向舒家來。

這個時候，舒太太不過是領了省政府一點養老金過日子，哪裡還能住以前別有作用的高大樓房，現時只租了一幢小小的房子，帶了一個中年女僕，一同住著。華氏父子走來的時候，這小屋是街門虛掩著，裡面一點聲息沒有。將門一推，只看到屋子裡綠蔭蔭的。原來這院子裡，有兩棵高與屋齊的棗樹，嫩綠的葉子，將陽光映著淡青色，連空間也是淡青色的。因為這種顏色的緣故，把空氣黯淡下來，這房屋就更顯得寂寞了。有光站在院子裡，先咳嗽了兩聲，問有人嗎？許久的時間，才有人慢吞吞地問了一聲誰，然後走出那個女僕來。有光正要告知來意，卻聽到窗子裡面有人顫巍巍道地：「呀！華先生回來了，請進來吧。」華氏父子走進去，那屋裡不是以前那樣華麗，僅僅地擺著幾樣粗糙家具，只有牆上有兩樣東西，引起人重大的注意，乃是兩個鏡框子，一個鏡框子裡，紅綢做了底托，托著三個軍人獎章。另一個鏡框子裡卻是舒劍花的武裝全身像，她舉了一隻手，正行著軍禮呢。只看那雙黑白分明的眼睛，很注意地向前望著。她的兩個腮幫子，雖是鼓得緊緊的，可是隱隱之中，似乎帶了一點兒笑意。這種神氣，在劍花往日故意端重的時候，總可以看得出來。

如今看了這像，不覺想到她當年對人半真生氣，半假生氣的神氣，恍如那人又在目前，人望了那相片，正不免一呆，舒老太太早走到面前，笑道：「華先生，你幾時回來的，身體好嗎？可憐我的姑娘⋯⋯」她那一句話沒說完，有光站在國雄的身後，不住地向她丟眼色，舒太太把句話突然地頓住，只管望了他父子。國雄望了她道：「怎麼了？劍花現時在哪裡？」有光用很慈祥的顏色，微垂著眼皮，從容向他道：「國雄，你不要傷心，我老實告訴你，劍花在三年前就在敵人那裡就義了。舒老太太，請你把經過的事情，慢慢地告訴他。」這個小屋子，有張半新舊的籐椅，國雄臉色慘變，身子向下一坐，兩手撐了大腿，托著自己的頭連連唉了幾聲。舒老太太偌大年紀，只有一個女兒，就是別人不替她難受，她提到了劍花，也是傷心的。

如今看到這未婚的嬌婿，已是滿腔心事，再看到國雄那樣懊喪的樣子，她不覺對了壁上的遺像，只管呆看，向著遺像道：「孩子，妳的心上人回來了，妳呢……」妳呢這兩個字，由喉嚨裡面抖顫了出來，同時，她眼睛兩行眼淚，也在臉皮上向下滾著，退了兩步，扶了桌子坐下，她也就不管客人了。這倒讓有光老先生為難起來，勸導這位親家呢？還是勸自己的兒子？於是站在兩人的中間，也呆了。還是國雄抬起頭來，看到父親為難的樣子，有些過意不去，便起身向舒老太太道：「伯母，妳也不必傷心了。以前我是妳的女婿，到如今妳依然是我的岳母。我現在回來了，不能讓妳再過這枯寂的生活，我一定可以安慰妳。」舒老太太搖著頭，將袖子揉著眼睛，嘆道：「這枯寂的生活，我已經過了三年了。我也沒有什麼難受。」國雄道：「不過妳一位老太太犧牲了僅僅一個的聰明姑娘，於今是住在這小院子的老屋裡。」舒老太太正要再嘆一口氣，有光老先生道：「不是那樣說呀！政府已經在公園裡和舒姑娘立了銅像，又按月給老太太的養老金，社會上的人，誰不說一聲舒老太太是女志士的母親。我們去為國家民族爭生存，是自己良心的驅使，原不打算國家有什麼報酬的，現在是有了報酬了，更可以安慰老太太的了。」舒老太太垂著淚，點點頭道：「對了，對了。小華先生說的話，和老華先生說的話，都是有理的呀。」他們說了許久的話，那個中年女僕，才捧了兩杯茶來敬客，茶杯上還有兩個鋸釘。國雄望了茶杯，有了一種感情，不覺向屋子四周看去，這屋子裡有個房門，門簾開著，看到有張竹床，上面放了顏色極舊的一套藍色被褥。床上並沒有支起蚊帳，牆上掛了一具月分牌，在月分牌下面，釘子上壓了兩張中醫開的藥單子，這很可以知道這位老太太最近是一種什麼生活的了。假使劍花並不曾死，就是當個教員，靠了那幾個薪水，她很足以維持母女二人的衣食，何至於把家庭衰落到這步地位。

當國雄這樣注意到屋子裡去的時候，有光也跟了他的視線，向裡面看去。有光也知道國雄是憐惜這位老太太的意思，就向舒老太太道：「舍下房子也很多，假使老太太不嫌棄的話，可以到舍下去住，待遇不敢說好，至少也可以有人陪著您，免得您再寂寞。」舒老太太道：「這很多謝華先生的好意，可是我怎樣敢當呢？」有光道：「像您這位女志士的老太太，慢說我們是親戚，應該恭敬您，就是全國人都該恭敬您。」老太太道：「終不成我的姑娘為國家犧牲了，我倒去連累親戚，唉……我這大年歲，過一天是一天，萬事都看空了，住在這冷靜的小屋子裡，我只當是在廟裡修行。心底就平靜了，若住到父子團圓的人家去，我看了會特別難受，倒不如這樣冷冷淡淡的，把花花世界都忘記了。」國雄聽這位老太太的話，越說越傷心。劍花在外就義的經過，自己本要問她一問的，現在舒老太太只管傷心，提起舊事，那是更讓她難過，當時只好將一些不相干的閒事，提起來談談，關於劍花的事，就不提了。

談了許久，舒老太太有點笑容了，華氏父子才安心告辭而去。國雄到了路上，才埋怨著父親道：「劍花既然早就死了，你怎麼不早早地給我一個信呢？她死了，我不但不追悼她，還快快活活地過了三年，這讓我心裡特別的難受。」有光道：「不是我怕你傷心，我不告訴你。因為你愛著劍花的緣故，自己一定覺得將來很有希望的。有了希望，在奮鬥中間，你必定還要加倍地謹慎，要你保重，正也是為國家愛惜青年呀。」國雄雖然不以父親的話為然，然而他說得光明正大，也就無可再駁了。因道：「劍花有了銅像了，我應當先去看看她的銅像，這是我們華氏光榮之一頁。」有光道：「你若認為這事是不可緩的，我就陪著你去走一趟。」國雄道：「我當然是認為一件不可緩的事，但不知……」有光不等他再把這話說完，立刻就到國雄前面去引路，笑道：「我還有什麼話說，生者死者，都是我的光榮呀。」兩人說著話，一路走著。

這城裡的光景，現在卻不與從前相同，東一堆瓦礫，西一堆瓦礫，有的還留著幾堵光禿的磚牆，陪襯著幾處磚砌的門框和石砌的臺階。又有些地方，瓦礫堆中，長出尺來深的青草，牆上也長著三四尺長的野樹，這些房屋，不但是表示遭了一回劫，而且遭劫到於今，沒有法子去整理恢復，也就為日很多了。國雄看了不覺奇怪起來，因問道：「這種情形，絕不是城裡失火，因為失火，不能零零碎碎，東一處西一處地燒著。可是本省城總也沒有打仗，何以會有許多遭了炮火的屋子呢？」有光道：「你在軍營裡這麼多年，還有什麼看不出來的。」國雄道：「莫非都是飛機用炸彈炸的？」有光道：「可不是嗎？這三年以來，其中有半年的時間，差不多飛機天天光顧到省城天空來，飛機來了，絕不能空手回去，每次總要炸了幾幢民房才走。省城無論多大，經敵人炸了一百多天，也就沒有一處不遭破壞的了。」

國雄道：「父親，你現在說話大概不傾向非戰一方面了，但是經過戰爭的人，他都會厭惡戰爭。譬如飛機轟炸城市，在平常人看來，加害到非戰鬥員，是沒有理由的。可是在軍事家看來，就不然，他以為可以擾亂敵人後方的秩序，破壞敵人的經濟，尤其是藉此搖動人心，使敵人政治中心搖動，可以影響到軍事上去。戰爭的時候，只圖自己軍事有利，天理良心，一概是不管的。我們有了些軍事知識之後，我們這才知道，戰爭實在是一種罪惡。」有光道：「呀！我不料從軍三年之後，你倒變成了一個非戰主義者。難道我們對海盜是不該抵抗的嗎？」國雄道：「抵抗是當然的。不過中國偌大一個國家，人口到四萬萬以上，何以會讓少數的海盜，制伏得沒有辦法？這就由於共和二十年以來，全國人都是醉生夢死，關起門來爭名奪利，把世界忘了，把站在身邊的強盜劫賊忘了，而且還要裝空心大老官，開口打倒帝國主義，閉口打倒帝國主義。譬如一群敗子家裡，終日花天酒地，兄弟父子鬧著閒氣，金銀財寶散了滿地，既是不管，而且身子弄得虛空了，每人不是患色癆，就是醉鬼，同時還要喊著殺盡強盜，捉盡劫賊。既引起了人家的貪心，又鼓動人家的肝火，這種人家，不鬧賊，什麼人家該鬧賊。所以海盜侵犯我們，這是老天爺給我們一種教訓。假使我們不鬧家務，不裝空心大老官，不金銀財寶撒下滿地，人家怎敢動我們的手呢？所以我們戰退了敵人之後，依然還要多謝敵人給我們一種教訓。我們因罪惡引起了戰爭，海盜卻又是因戰爭種上了罪惡。他們的社會崩潰了，他們的人民疲勞了，不會想到戰爭給了他們一種教訓嗎？總而言之，在二十世紀以後，槍口上決計搶不到人家的土地，光靠槍口，也保護不了自己的土地，另外還要靠經濟教育兩件大事，來維持民族。我的主張，中國必須和他的敵人打一仗，猶如病人忍痛去喝藥或打針，以消滅身上的病菌。病菌消滅了，就該用補品來恢復元氣，不能在這個時候再吃藥，再打針了。」有光笑著走路一面點頭道：「我很同意你的議論，你現在是增長了不少的政治學識了。」國雄道：「這是環境賜給我的，我……哦！這個地方，不就是劍花住的那幢大樓嗎？樓不見了，這大門還在，門口這一列樹和這一片青草地，還可以看得出從前那種形跡來呀！」他說著話時，突然立住了腳，向著那原來的門樓站住。有光因為不知道他是什麼用意，也就跟了他站住。等了許久，不見他移動腳步，也不聽到他說什麼。

有光忍不住了，便問道：「你又有什麼感觸了嗎？老實說，這省城裡，簡直是滿目荒涼，若是都像你這樣子，那還了得，一出門，就是傷心之境了。」國雄道：「父親，我們走到屋子裡面去看看，好嗎？」有光料到這破門以內，更是整堆的瓦礫，讓他看到了，無非是加倍的傷心。便用手摸了摸鬍子，站著微笑道：「這何必進去，就是我們去猜，也可以猜得出來。」國雄並沒有理會到他父親說的話，他昂頭望了那大門，一步一步走了去。直走到那大門口，還覺得這不是一所破壞得怎樣厲害的房屋。及至進門之後，那些高低禿立的牆，帶著門圈和窗戶框子，猶如擺下了諸葛亮的八陣圖一般。地上有土的地方，青草長得有上尺深。那些地面的青磚上，長的是青苔，青苔可也就像毛毯那樣厚，有種觸人的霉氣，幾乎熏得人立不住腳來。有光也由他後面跟了進來，拉著他的衣袖道：「不過如此，何必看呢。」國雄將手向牆上一指道：「父親，你看粉牆上這幾行字。」有光看時，果然幾層石階上一道磚砌的寬道，道上有堵很高的牆，上下有許多門和窗戶的洞，正是舊時劍花的會客廳外，那粉牆上，下半截，有二三寸的青苔紋暈，上半截有鉛筆寫了幾行大字，乃是：「我在這地方，曾用了機巧，去和人家求愛，人家也曾用了機巧，來害我的性命，幫助我們機巧的，乃是醇酒，香茶，婉轉的音樂，醉人的燈光，現在呢？只是這堆瓦礫，人生就是生到一百年，結果也不過是如此吧？奉勸眼前人，且想身後事。回頭和尚題。」「咧！這還是個和尚寫的。」國雄情不自禁的，失聲喊了出來。有光也站在牆下，玩味這些字句，似乎引起他肚子裡那一肚子哲學墨水來了。國雄看著，搖了搖頭道：「了不得，這是那個余鶴鳴到這裡來了，看這口氣，除了他，還有誰呢？他這種陰險的小人，都受了重大的刺激，說出很解脫的話來了，我們若是看不空，真不如他了。這樣子，他是做了和尚了。唉！我也真願意做和尚，人生不就是這樣一場夢，苦苦地爭奪，何必何必。」有光道：「回去吧，老站在這裡做什麼？」國雄道：「這個地方，未免給我一種很深的印象，我要在這裡多站一會。」有光聽說，不由得捻著鬍子，哈哈大笑起來。

第十五回　訪寒居淒涼垂老淚　遊舊地感慨動禪心

第十六回　思斷三秋悲歌落淚　名垂千古熱血生花

華國雄見父親遇到這淒涼的景象，既不傷感，而且還哈哈大笑，心中很是不解，便向他道：「你老人家，怎麼笑了起來？」有光道：「我不笑別的，我笑你孩子氣太重，既然口口聲聲，說要出家，何以對這頹井殘垣有些看不破，非要憑弔一番不可？」國雄道：「佛心是慈悲的，對這種景象，可以流些慈悲之淚。」有光道：「不過你的意思，是因為劍花曾在這裡住過，所以你有些鳳去樓空之感。有個出家的人，這樣兒女情長的嗎？走吧。」說著挽了國雄的一隻手，就拉了他走。國雄當然不能太違抗了父親的意思，嘆了一口氣，走將出來。經過了幾條街，都不是以前的景象。在許多破碎的街道中，忽然眼前一片青蔥之色，另換出一番境界來，那正是省立公園，幾年不見，樹木都長大了。這是初夏之際，樹上的嫩葉子，綠中帶些黃色，地上長的草，雖不過是一兩寸長，然而密密麻麻的，綠成一片，在綠毯子上，偶然伸出一個草頭，開著小黃花兒，便現出許多靜穆的意思來。在四圍的綠樹林中，閃出一畝大的空地，在綠色春草毯上，挖出個淺淺噴水池。

池中間有個高可一丈的白石礅子，礅子上立著個女身銅像，一手扶了身佩的寶劍頭，一手向東指，雖是女像，自有一種英雄氣概。這就是那位女間諜，為國犧牲的舒劍花女士了。國雄不料自己的情人，這樣巍然高峙地站在自己面前，又不料這樣一個有才幹，有志氣的女子，自己無福消受，眼望著她在日月風雨之下，長此終古而已。心裡想著便只管向那銅像呆看。卻聽到有光在身後微微地嘆了一口氣道：「人生一百年，結果也是與草木同腐，求仙煉丹，那有什麼用，人生自有不老之法，就怕人不肯去做，舒劍花是明白這一點的了。」

國雄回轉頭來看著他父親，見他手上拿了帽子，很有向這像靜默的意思。因就問道：「父親，你的觀念，完全改了。你原來認為宇宙都是空的，人是犯不著為名利去鬥爭，現在你何以這樣積極起來？」有光不料英勇的少年兒子，會問出這句話來，用手摸著鬍子，想了一想道：「我自己也不知道所以然，不過自從省垣有飛機光臨以後，我就慢慢地憤怒起來，覺得人生只可自勉不殺人，不能禁戒不殺敵，禽獸的爪牙，草木的護甲，不都是為了護衛自己生命而生長的嗎？宇宙神祕的用意，本來就如此。人有了生命，有了本能，他也應當抵抗他的敵人。」

國雄微笑道：「我是一個戰士，而且勝利回來了，我的思想就不那樣，現在很消極。我親眼看到戰場上的人，生命隨時在五分鐘內可以解決，又看到人的屍身躺在地上如鋪石板一般，活著的人，一點也不憐惜，就在人身上這樣跨踏過去。身邊一個很好的朋友，正談笑著說話，一個砲彈飛來，他的手腳就彈碎了，身上的熱血，真許濺到我們身上來。在戰地上三年，失了多少可愛的朋友呀。至於炮火下的鄉村城市，那就不必說了。我覺得我們不能再談軍國主義了。」有光道：「你應當有這個議論，世界史最後的一頁，當然是非戰的。不過這個時代，打算由戰爭裡找出路的國家，實在不少。若不將這種國家掃蕩一下，戰爭的毒菌，絕不能消滅。我以前非戰，現在何嘗不非戰。以前非戰，是以議論去制止戰爭，於今覺得此路不通，要以武力去制止戰爭了。在全世界非戰以前，必定還有幾次大流血，這幾次大流血，中國絕對是免不了參加的，我們現在趕快武裝起來，也許因為有了抵抗，將來流血的程度，可以少一點，要不然，米缸蓋好了，許多老鼠要在米缸裡爭奪，主人若不過問，是非把缸打破不可的。所以我以為講禮義的中國人，依然可以去非戰，但是要把文的非戰，變為武的非戰，不幸而死，不僅是為民族爭生存而死，也是為人類爭生存而死，這種精神，是很偉大的，所以舒女士的死，特別值得我們崇拜。」國雄對著那銅像，靜默了許久，點了頭道：「也除非是根據了父親這種說法，才可以減少心裡頭的悲痛。」有光指著樹杪上一抹陽光道：「你瞧，天氣不早了，我們應該回去了吧？」國雄道：「唉！回去吧！我不料回家來，是在這地方遇著了她。」於是將取在手上的帽子向頭上一蓋，掉轉身就走了。

一路之上，他再也不說，到了家裡，一切朋友的應酬，他都謝絕了，拿了一本書，終日坐在樹林子裡看，每天吃過早飯就出門，回來吃午飯，吃了午飯，又再出去。有光知道兒子自戰場回來，受了很大的刺激，不妨等他的心靈放縱一番，讓他把哀思放了過去。所以終日不歸家，也沒有人來過問他。他自回家之後，只覺所聞所見，和從前都換了一個世界，在家裡坐著，就不免傻想，因之那就加倍地狂放起來，甚至吃早飯的時候，就帶了一包吃的東西，到樹林子裡去，留著做午飯，直到晚上才回來。這日半中午，看書有點倦意，正在樹林下一塊青石頭礅上，坐著打盹兒。忽然樹林子外大道上，有人唱歌，把人驚醒過來，聽那唱詞，卻很是哀婉，因為唱的人重三倒四，唱過好幾遍，所以聽得很清楚。那歌詞是：

> 楊柳樹，綠青青，去時日子如我大，回來門外綠成蔭。上堂拜老孃，老孃笑吟吟。娘看兒子顏色好，兒看娘發白星星。大哥在何處，三年以前去投軍。大嫂在何處，炸彈之下早亡身。四歲的姪兒叫小平，無父無母到於今。大妹前年已嫁人，隨夫逃難上北

京，不是兒回娘掛心，望得兒回娘傷心，好比一樹花開多茂盛，幾番風雨乾乾淨，縱然結果有幾個，看來也是太孤零。

洋槐樹，綠油油，十年槐樹長齊樓，十年戰士白了頭。春日百花髮，佳人樓上愁，不嫁英雄無志氣，嫁了英雄守空樓。一日不見面，自古相思似三秋，一年不見面，相思便似水悠悠，而今三年不聚頭，勝似千秋又萬秋，奴想英雄是風流，英雄想奴便可羞，又願英雄功名就，又願英雄享溫柔，想得奴家皮黃骨又瘦，又傳國軍下錦州，早知薄福難消受，不嫁英雄也罷休。

國雄將這歌詞聽畢，玩味了一會，雖然這歌詞是很俗，但是非常婉轉，在自己聽了，正是句句打入了心坎，這是什麼人在唱，恐怕不是這村莊前後一個人所編得來的吧！連忙跑出林子去一看，卻是兩個半大的放牛孩子，坐在柳樹下小河溝裡洗腳，帶笑著唱出來的歌。國雄笑道：「你們這歌唱得好聽，是誰教給你們唱的？」一個孩子道：「前三個月，有個遊方和尚，他帶了許多小歌本子散給人家。又怕人家不懂腔調，自己彈著琵琶唱起來。我們就是跟他學的。」又一個孩子道：「小三兒，你怎麼忘記了，那和尚還打聽華大先生，回來沒有呢？」國雄對和尚打聽一事，倒沒有留意，玩味這個歌兒，是很悲哀的，這個和尚，一定是個栽過大跟頭的人，所以說得這樣的痛切。心裡想著，依然走回林子裡去看書。

也是兩個孩子唱得太高興了，十年槐樹長齊樓，十年戰士白了頭，又唱將起來。國雄聽到那不嫁英雄無志氣，嫁了英雄守空樓，而今三年不見面，勝似千秋又萬秋，不覺自己轉想到舒劍花身上去，那樣一個女子，眼睜睜地受著槍決而死，這事實在很悲慘。不但她那樣美麗的容貌，不知道如何消滅了，就是她那副骨頭，究竟拋在哪裡，現在也無處尋找，豈止一日不見，如隔三秋，實在是海枯石爛，此恨無盡。如此想著，也不知道什麼緣故，兩行熱淚，只管流了下來。當天坐在樹林子裡，就沒有心緒看書，只是坐在石頭上呆想。回家以後，和家裡人談起，國威道：「這樣的歌，我絕對不願聽，聽了會消滅志氣的。」有光道：「這事可奇怪，這個歌，是個遊方和尚編出來的，他還有支短歌，是套月子彎彎照九州編的，也很有意思，那歌子是：月亮無情上粉牆，照見官家醉畫堂。照見美人窗下哭，照見男兒死戰場。」

國雄點了點頭道：「這個和尚，必非等閒之輩，很平常的幾句話，這裡面可含著不少的批評，只是他什麼地方不去，何以獨在我們這村子裡放出這種訊息來？」他們父子正在樓上乘著風涼，談論這件事，華太太很匆忙地由樓下走上來，向國雄道：「你們不是談那個唱歌的遊方和尚嗎？這是有些怪，他在村子裡和好些人打聽過，問你兄弟二人回來了沒有？我心裡也很是不解，為什麼老要打聽你兄弟兩人的行蹤，莫非他是你們的同營嗎？據我想來，那一定是個軍人，他的歌詞總是罵打仗，而且聽那意思，又很肯說中國人打仗是不得已，和你們父子是同調的。」國雄聽了這話，更是增加了一層疑團，我們弟兄們中，哪一個這樣大徹大悟，做起和尚來。自然他既是屢次打聽我，一定也是我的好朋友，若不是好朋友，也犯不上再三再四地打聽我。他如此想著，很想早早地打破這個疑團。

自從這天聽歌以後，又不斷地聽著那婉轉動人的歌兒，每聽到一會，就讓他心裡難過一陣，這樣下去，約莫有一個禮拜，這日在樹林子又休息了大半天回來，進門之後，華太太首先笑著迎上前來道：「你說怪不怪，那個和尚今天又來了。他聽說你已經回家，丟下一個小小的包裹，說是有人托著寄送給你的。也沒有說第二句話，甩著大袖子就走了。我留著他和你見面，請他坐一會兒，他只笑著不答。我追到大門口來，他卻道：「我和令郎感情不大好，見了面會有是非的，不必留我了。」他說著話，兩條腿走得是更快。一轉眼工夫，他就不見了。

國雄道：「這更奇了，他送了一個什麼包裹給我呢？」華太太於是到屋子裡去，取出個五寸見方的扁包裹來。那包皮是藍布包的，上寫：留呈華國雄先生臺收，並沒有什麼上下款，只是用麻線縫上了包裹口。將剪刀把包皮拆開了，裡面是一方油布，再將油布開啟了，又是一層布，把這層布再開啟，才露出一條白綢手絹。那手絹本質，倒還乾淨，只是上面有好幾塊殷紅的斑點，卻看不出是何用意。提著手絹，卻抖出一封信來。那信封寫了：留寄華國雄先生親收，舒劍花拜託。這舒劍花三個字，射到他眼裡去，不由得他那顆心，怦怦地跳將起來，拿在手上只顛了幾顛，並不怎樣的沉重，由信封套裡，連忙抽出信紙來，看時，上面寫道：

國雄兄鑑：兄讀此書時，恐妹之墓木已拱矣。然兄毋悲，兄能於太平之年，無患歸來，得讀此書，固人生萬幸之事也。妹奉命令，來賊巢偵探敵情，不幸為賊黨窺破，拘押軍中，以妹供出中國情報總部內容為條件，容妹不死。妹思一人的生死事小，全國之安危事大，毅然拒絕賊之要求。人誰不死，只死者不當無故而死，亦不當有故而不死，妹現不死，則意志薄弱，或竟為賊所困，而轉有害於中國，則不是死之為得矣。為國而死，妹固無絲毫遺憾也，所可憾者，則妹之行為，生前乃終未能得兄諒解，直至永別之時，尚不能一相握手。故妹雖死在頃刻，猶不能不忍悲作一書於兄。此事經過，於妹死後，必能傳播，心緒紊亂，實無心細寫，唯兄悲其遇而憐其志。外乎絹一方，係妹拭淚所用，其上紅斑，則手臂為賊刀所刺，因以沾染血跡者，留此寄兄，表示無物可贈，但幾點熱血相勉耳。別矣國雄，大好身手，其自努力！

舒劍花絕筆

國雄在這一陣子，心緒本來悲劣萬分，看了這信之後，並將血帕一看，一陣心酸。不由得倒在一張睡椅上，淚如泉湧似的，由臉泡上流到身上來。華太太竟不知道什麼事，後來在地上撿起信和那血手帕來，這才明白，這樣的紀念物，叫活人看到，心裡如何不難受？便也垂著淚道：「可憐的孩子。」她只說了這五個字，身體抖顫著，也就說不出話來了。她看到國雄只管哽咽著，那眼淚更是落得洶湧，他側著頭在睡椅的高枕上躺著，把半邊衣襟都淋溼了。華太太道：「人都死了三四年了，你現在哭死也枉然，這條手絹倒是一件可寶貴的東西，你好好地留著吧。」國雄哭了許久，勉強才止住了眼淚。在母親手上接過那條手絹，仔細地又看了看，點點頭道：「這樣東西，不是平常情人留下的表記，我應當用個鏡框子把它裱裝起來，掛在牆上。」華太太道：「論起這樣東西，是值得寶貴的，不過太不美觀了。」國雄道：「這個我自然也有些辦法。」華太太聽他如此說著，雖不知道他有什麼辦法，但是知道兒子用情很篤的，他有了這個意思，不讓他掛起來，他不會解除胸中的痛苦。

便道：「我看把這封信裝掛起來，比那手絹要好看得多，掛起這封信吧。」國雄道：「不信，你過兩天再看。」他說著話，把那塊手絹和信，一齊拿到他的書房裡去了。這日，有光和國威都不在家，華太太總怕兒子傷心，也就悄悄地由後面跟了去，看他兒子還哭不哭？走到書房門口，一聽裡面，竟是一點聲息沒有，扶著門，伸頭向裡張望，只見他面窗的書桌子上，擺了一盆石榴花，他坐在桌子邊，正對了那石榴花，用筆在塗寫些什麼。看他的背影偏頭這邊看看，又偏頭那邊看看，似乎在端詳他手上寫的那種東西一樣。看這樣子，他並不在傷心，也就不必去過問他了。過了一會，有光和國威回來了，華太太就把這事告訴他們，因道：「他拿了那手絹到書房去了，伏在桌上，只是塗寫著，這個書呆子，不知道他又在搗什麼鬼。」有光聽說，馬上走到書房裡來，只見書案上鋪了一塊圖畫板，上面用圖畫釘子，繃著一張畫。國雄兩手放在背後，遠遠地站定，向那圖畫只管出神。

他看到父親來了，便笑道：「您看看我這幅畫畫得怎麼樣？這是我生平得意之筆啊！」有光連忙上前看時，那圖畫板上釘著的，不是一張紙，乃是一方手絹，手絹上綠的葉子，紅的花兒，畫了一棵石榴。只是那花的紅色，並不像平常顏色那樣鮮豔。有光俯著身子，對那手絹看了幾遍，一拍手笑道：「這個我明白了，你這是套著桃花扇的故智，用女子的情血畫花啊！」國雄道：「對的，可是情血兩個字不大妥當，人家是熱血。」有光手摸著鬍子，點頭道：「哦哦哦！我明白了。記得那年你投軍之時，我爺兒倆曾辯論過一次，我說每到石榴花開的時候，中國就要發生內亂，乃是不祥之花。你說不然，石榴花像鮮血，可以象徵人的興奮，應當說是熱血之花。於今你真把熱血來畫花，而且還要畫石榴花，這正是你照顧前事啊！孩子，算是你的辯論贏了，石榴花是熱血之花，到了每年開花的時候，我們都要紀念著這位熱血姑娘。這幅畫和那封信，你不要自私，可以用兩個鏡框子裱裝起來，懸在客廳裡，這是我們家庭之光啊！」國雄默然著，很感慨的樣子，卻點了點頭。國威指著窗戶上的石榴花道：「現在又是五月了。這個五月，可是中國和平告成的日子，父親，您看是吉月呢？還是毒月呢？」有光笑道：

「你們少年都勝利了。我料錯了不要緊，但願從此以後，中國永慶著太平之日就行了。老年人是快與鬼為鄰的，不應該失敗在活潑少年的手上嗎？我希望中國的命運，也像我一樣，免得你們多嚷那些打倒呀。乾脆些，要倒的自己倒下，讓你用打倒的工夫自己去建設吧。」於是乎大家都笑了。不過笑是一時的事，國雄心裡，始終是含著一肚皮悲哀的。到了次日，他瞞著家人，帶了那封信和血花手絹悄悄地進城來。到了城裡，又在花廠子裡買了一束石榴花，帶上公園。

這日天氣很好，劍花的銅像，巍巍地高站在青天白日之下。國雄到了銅像下，將那束石榴花，放在石礅下。然後向像很靜穆地立定，心裡默唸著，劍花啊！妳的血花淚痕，我都收到了。妳自然有妳的偉大之處，只是我太難堪了！他想到這裡，便將信和手絹，也向著銅像在草地上鋪著，當做彼此當面，露出愛情證物的意思。他向銅像一立正，卻聽到公園樹林之外，有一片甜美的音樂聲。隔了林子瞻望時，原來是一組音樂隊，領導著一輛接新人的花馬車過去。在國雄靜默的時候，聽了這種響聲，特別是不堪。抬頭看時，樹林後有一根大旗杆，上面懸著一面國旗，在日光中招展，似乎招著這銅像的英魂，請她從海外歸來呢。

電子書購買　爽讀 APP

國家圖書館出版品預行編目資料

熱血之花：早知薄福難消受，不嫁英雄也罷休 / 張恨水著 . -- 第一版 . -- 臺北市：複刻文化事業有限公司 , 2024.01
面；　公分
POD 版
ISBN 978-626-7426-27-2(平裝)
857.7　　112022812

熱血之花：早知薄福難消受，不嫁英雄也罷休

臉書

作　　者：張恨水
發 行 人：黃振庭
出 版 者：複刻文化事業有限公司
發 行 者：複刻文化事業有限公司
E-mail：sonbookservice@gmail.com
粉 絲 頁：https://www.facebook.com/sonbookss/
網　　址：https://sonbook.net/
地　　址：台北市中正區重慶南路一段六十一號八樓 815 室
Rm. 815, 8F., No.61, Sec. 1, Chongqing S. Rd., Zhongzheng Dist., Taipei City 100, Taiwan
電　　話：(02) 2370-3310　　傳　　真：(02) 2388-1990
印　　刷：京峯數位服務有限公司
律師顧問：廣華律師事務所 張珮琦律師
定　　價：250 元
發行日期：2024 年 01 月第一版
◎本書以 POD 印製